月亮下去了

THE MOON IS DOWN

John Steinbeck

〔美〕约翰·斯坦贝克 著

董衡巽 译

人民文学出版社

John Steinbeck
The Moon is Down

图书在版编目(CIP)数据

月亮下去了/(美)约翰·斯坦贝克著;董衡巽译.
—北京:人民文学出版社,2018(2025.4 重印)
(约翰·斯坦贝克作品系列)
ISBN 978-7-02-014723-6

Ⅰ.①月… Ⅱ.①约… ②董… Ⅲ.①长篇小说-美
国-现代 Ⅳ.①I712.45

中国版本图书馆 CIP 数据核字(2018)第 269125 号

责任编辑 卜艳冰 邱小群
封面设计 钱 珺

出版发行 人民文学出版社
社 址 北京市朝内大街 166 号
邮政编码 100705

印 制 上海盛通时代印刷有限公司
经 销 全国新华书店等

开 本 890 毫米×1240 毫米 1/32
印 张 4.125
字 数 86 千字
版 次 2019 年 3 月北京第 1 版
印 次 2025 年 4 月第 5 次印刷

书 号 978-7-02-014723-6
定 价 35.00 元

如有印装质量问题,请与本社图书销售中心调换。电话:010 - 65233595

目

录

第一章　/ 1

第二章　/ 21

第三章　/ 41

第四章　/ 53

第五章　/ 59

第六章　/ 72

第七章　/ 90

第八章　/ 106

附录

诺贝尔文学奖授奖词　/ 117

约翰·斯坦贝克受奖演说　/ 121

生平年表　/ 124

第一章

到了十点四十五分，一切已告结束。市镇被占领，守军被击溃，战事结束了。侵略者周密策划了这次战役，如同对付大的战役一般。就在这个星期天早晨，邮差和警察乘坐有名的商人柯瑞尔先生的船外出钓鱼。这是一条整洁的帆船，柯瑞尔先生借给他们用一天。邮差和警察看见那艘暗色的运输舰装满了士兵，从他们旁边悄悄驶过，这时他们已经出海好几英里。他们两人是市镇的公职人员，这事无疑有关他们的职责，于是掉转船头返航。但是，等他们到达港口的时候，敌军当然已经占领了市镇，警察和邮差进不了市镇大厅里自己的办公室，但是他们据理力争，结果当了俘虏，被关进市镇的监狱。

总共才十二名的当地守军也在这个星期天早晨出去了：有名的商人柯瑞尔先生捐赠了午餐、靶子、弹药和奖品，请他们举行一次射击比赛，地点设在山背后六英里路外他那片可爱的草地上。当地守军都是一些松垮的大个子青年，他们听到飞机的声音，看到远处的降落伞，就加快步伐赶回市镇。他们到达的时候，侵略军已经在公路两旁架好机枪。这些松垮的士兵既没有打仗的经验，更没有打败仗的经验，竟用步枪开火，结果六名士兵被打得浑身穿孔，三名半死不活，余下三名拿着枪逃进了山里。

十点三十分，侵略者的军乐队在市镇广场奏着动人而哀伤的音乐，市民们个个目瞪口呆，站在四周听着乐曲，望着那些肩挎手提轻机枪、头戴灰色钢盔的人。

到了十点三十八分，那六名被打得千疮百孔的士兵被下葬，降落伞折叠起来，敌军驻进码头附近柯瑞尔先生的仓库，仓库里的架子上早已备好了这支军队需用的毯子和帆布床。

十点四十五分，老市长奥顿已经接到侵略军的首领兰塞上校发出的正式通知，要求十一点整在市长五间房子的官邸接见。

官邸的客厅舒适宜人。烫金椅子——上面铺着用旧了的织锦缎，直挺挺地排着，像一班多得无事可做的用人。一座拱形的大理石壁炉里烧着无焰的小红火，炉旁放了一只着了色的煤斗。壁炉架上一边一只大花瓶，中间放着一座有波纹的瓷钟，还吊着一群会旋转的小天使。客厅的墙纸是暗红色的，金色图案，木器是白色的，又漂亮又整洁。墙上的油画大都描绘英勇的大狗奋力拯救遇险的儿童；只要有这样一条大狗在旁，不管水灾、火灾还是地震，都伤不着一个孩子。

火炉边坐着温德老大夫。他留着胡子，单纯而慈祥。他既是这个市镇的历史学家，又是医生。他惊愕地望着，两个拇指不断地在膝盖上转动。温德大夫这个人非常单纯，只有思想深刻的人才看得出他的深刻。他抬头望了望市长的仆人约瑟夫，看约瑟夫有没有注意到他转动拇指的本领。

"十一点？"温德大夫问。

约瑟夫心不在焉地回答："是的，先生。通知上说是十一点。"

"你看过通知？"

"没有，先生。是市长念给我听的。"

约瑟夫正忙着检查每张烫金的椅子是不是放在原位。约瑟夫老是冲着家具愁眉苦脸，不是嫌它们唐突无礼、淘气，就是怕它们着了灰尘。在奥顿市长当人们领袖的这个世界里，约瑟夫就是家具、银器和碟子的领袖。约瑟夫上了年纪，长得瘦削，态度认真，他的生活如此复杂，只有思想深刻的人才看得出他的单纯。他看不出温德大夫转动拇指有什么妙处；实际上他还有点心烦。他疑心现在正发生什么非常重要的事情，什么外国兵进了市镇啦，当地守军被杀被拘禁啦，等等。迟早约瑟夫会对这些事情得出自己的结论。他不喜欢轻举妄动，不需要摆弄拇指，也不愿意家具惹事。温德大夫从原来的地方把椅子挪动了几英寸，约瑟夫不大耐烦，等他将椅子挪回原地。

温德大夫又说："十一点，他们到时候就来了。一个有时间概念的民族，约瑟夫。"

约瑟夫没有听进去，只是回答："是的，先生。"

"时间与机器。"

"是的，先生。"

"他们匆匆忙忙追赶命运，好像不能等待。他们用肩膀推着滚滚向前的世界往前赶。"

约瑟夫回答："对了，先生。"这只是因为他懒得说"是的，先生"这几个字。

约瑟夫不热衷于这样的谈话，因为这种谈话不能帮助他对任何事情得出任何看法。如果约瑟夫当天去同厨子说"一个有时间概念的民族，安妮"，那就毫无意义。厨子安妮会问"谁"，又会问"为什么"，末了会说"胡扯，约瑟夫"。约瑟夫从前试过，他把温德大夫的话传到楼下去，结果总是一样：安妮总说这些话是胡扯。

温德大夫的目光离开他的拇指，看着约瑟夫排椅子。"市长在干什么？"

"正换衣服，准备接见上校，先生。"

"你不帮他换？他自己穿不好。"

"夫人在帮他换。夫人要他穿得整整齐齐。她——"约瑟夫有点脸红，"夫人在修剪他的耳毛，先生。痒痒。他不让我剪。"

"当然痒痒。"温德大夫说。

"夫人一定要他剪。"约瑟夫说。

温德大夫突然笑了起来。他站了起来，伸出手来在炉火上烤，约瑟夫熟练地窜到他身后，把椅子放回原地。

"我们真妙，"大夫说，"我们的国家在灭亡，我们的市镇被占领，市长准备接见征服者，而夫人呢，正按住市长的脖子，叫他不要动，替他剪耳毛。"

"他的毛发长得多，"约瑟夫说，"眉毛也长。市长对于拔眉毛比剪耳毛更恼火。他说痛。我怕连他的夫人都做不好这件事。"

温德大夫说："她会尽力而为。"

"她要他穿得整整齐齐。"

从门口的玻璃窗上，一张头戴钢盔的脸正向里张望，门上有敲门的声音。温暖的光亮仿佛一下子消失了，整个屋子蒙上了一层灰暗。

温德大夫抬头看钟，说道："他们提前了。让他们进来，约瑟夫。"

约瑟夫走到门前，把门打开。一名士兵走进来，身穿长大衣。他戴着钢盔，胳膊上端了一挺轻机枪。他向四周迅速地扫了一眼，然后站到一旁。他后面有一名军官站在门口。军官的制服很普通，只有肩章说明他的军衔。

那军官走进门来，看着温德大夫。这军官有点像漫画中的英国绅士：头戴垂边帽，脸是红的，鼻子长却还讨人喜欢；身穿那套制服，与多数英国军官一样，显得很不自在。他站在门口看着温德大夫，说道："你是奥顿市长吗，先生？"

温德大夫微笑着回答："不，不，我不是。"

"那么，你是官员吗？"

"不是，我是这个镇上的医生，是市长的朋友。"

军官问："奥顿市长在什么地方？"

"正在换衣服准备接见你们。你是上校？"

"不是，我不是上校。我是彭蒂克上尉。"他鞠了一个躬，温德大夫微微还礼。彭蒂克上尉继续往下说，但说的时候似乎对他不得不说的话有点为难："我军规定，先生，在司令官进屋之前，必须对屋里有没有武器进行搜查。我们不是不尊重你们，先生。"他回过头叫："上士！"

上士很快跑到约瑟夫跟前，用手在他的口袋里上下一摸，报告说："没有什么，先生。"

彭蒂克上尉对温德大夫说："请原谅。"上士走到温德大夫面前，拍拍他的口袋。他的手摸到外衣内兜时停住了。他很快伸进去，拿出一只扁平的黑皮盒子，交给彭蒂克上尉。彭蒂克上尉打开盒子，见里面只有一些简易的外科器械：两把手术用小刀、几个针头、几只钳子、一枚皮下注射的针头。他关上盒子，交还给温德大夫。

温德大夫说："你知道，我是一个在乡下行医的大夫。有一回，我只好用切菜刀做了一个阑尾炎手术。从此以后，我总是随身携带这些用具。"

彭蒂克上尉说："我想这里有几件武器吧？"他打开自己放在衣兜里的小皮本。

温德大夫说："你这么清楚？"

"是的，我们派在这里的人已经活动好久了。"

温德大夫说："我想你不妨告诉我这个人是谁。"

彭蒂克说："他的任务现在已经完成。我想，告诉你也没关系。他叫柯瑞尔。"

温德大夫惊讶地说："乔治·柯瑞尔？啊呀，这简直不可能！他为这个市镇作出过不少贡献。你看，今天早晨他还给射击比赛发了奖品。"他边说眼睛边转，开始明白事情的来龙去脉，他的嘴巴慢慢合起来，说道："我明白了，他为什么举行射击比赛。对的，我明白了。可是乔治·柯瑞尔——简直不能叫人相信！"

左边的门开了，奥顿市长走了进来，他正用小手指挖着右耳。他身穿晨礼服，颈间挂着市长的职务链。他脸上一大撮白胡子，两只眼睛上面各有一小撮白毛。他花白的头发刚刚梳过，现在又不服，争着要竖起来。他当市长的时间很久了，成了这个市镇的模范市长。即便成年人，一见"市长"这两个字，不论是印着的，还是写着的，脑子里就会出现奥顿市长。他同他的官职融为一体。官职赋予他尊严，他给这官职的是令人温暖之感。

他身后是市长夫人，小个子，满脸皱纹，模样凶狠。她以为市长这个人是靠她用整个服饰创造出来的，是她设计出来的，她相信如果重新开始，她可以把他塑造得更好些。她一生中只有一两次了解他的全部，但就她真正了解的部分来说，她的确了如指掌。他有什么小嗜好，什么痛苦，什么无聊的事情，都逃不过她的眼睛；但是他思考什么，梦想什么，渴望什么，她从不了解。一生中有好几次她被弄得头晕眼花。

她绕到市长身边，抓住他的手，把他的手指从他受害的耳朵里拉出来，把它放回他身边，好像把婴儿的拇指从他嘴里拉出来一样。

"我就不相信像你说的那么痛，"她说，又朝着温德大夫，"他不让我修剪他的眉毛。"

"痛。"奥顿市长说。

"好吧，你要这副模样，我就没有办法了。"她拉了拉已经笔挺的领带。"很高兴看到你也在这里，大夫，"她说，"你看会来多少人？"接着一抬头，见到彭蒂克上尉，她说："啊！上校！"

彭蒂克上尉说:"我不是上校,夫人,我是为上校做准备的。上士!"

那上士还在翻坐垫,检查画框背后有没有东西,这时快步跑到奥顿市长前面,用手上下摸市长的口袋。

彭蒂克上尉说:"对不起,先生,这是规定。"

他又翻看自己手里的小本。"市长,我想你这里有武器。据我知道,有两件吧?"

奥顿市长说:"武器?我想你是说枪支吧?是的,我有一支手枪,一支猎枪。"他不高兴地说,"你知道,我不常打猎了。我常想去打猎,可是季节一到我又不去了。不像过去那么有兴趣。"

彭蒂克上尉追问:"枪在什么地方?市长。"

市长擦擦脸,想了想。"我记得——"他对夫人说,"是不是在卧室那只柜子后面,同手杖放在一起?"

夫人回答:"是的,那个柜子里每件衣服的针缝里都有油味。我还想叫你放到别处去呢。"

彭蒂克上尉向门口叫道:"上士!"上士很快进了卧室。

"这是一件不愉快的任务。我很抱歉。"上尉说。

上士回来,拿了一支双铳枪,还有一支带肩带的很好的猎枪。他把它们放在门口的边上。

彭蒂克上尉说:"就是为这个,谢谢,市长。谢谢,夫人。"

他转身向温德微微鞠躬。"谢谢你,大夫。兰塞上校马上就来。再见!"

他从前门出去，后面跟着上士，一只手拿了两支枪，右胳膊挎着手提轻机枪。

夫人说："刚才我还以为他就是上校。这年轻人长得不错。"

温德大夫讥诮道："他不是上校，他只是保卫上校。"

夫人边想边说："我不知道会来多少军官。"她看了眼约瑟夫，见他竟厚着脸皮听她说话。她朝他摇摇头，蹙了蹙眉目。他回过身去继续干他的杂活。他又重新擦拭起来。

夫人问："你看会来多少军官？"

温德大夫气愤地拉出一张椅子来坐下，说道："我不知道。"

"嗯。"——她不满地望着约瑟夫——"我们一直在说。我们该给他们泡茶呢，还是喝酒？如果是泡茶或者喝酒，我不知道他们来多少人，要是什么都不招待，那又该怎么办？"

温德大夫摇摇头，笑着说："我不知道。很久很久了，我们没有征服过别人，别人也没有征服过我们。我不知道怎么做才合适。"

奥顿市长又用手去抠他发痒的耳朵。他说："我看哪，什么都不该招待。我相信人民不喜欢我们招待他们。我不想同他们喝酒。我不知道为什么。"

夫人于是请教大夫："古时候的人——我是说将领们——是不是用喝酒表示互相之间的敬意呢？"

温德大夫点点头。"是的，古时候是这样。也许当时情况不同。国王和君主之间打仗好比英国人打猎。打死了一只狐狸，他们就聚在一起进行狩猎早餐会。但奥顿市长可能说得对：人民可能不喜欢他同侵略我们的人在一起喝酒。"

夫人说:"人民在下面听音乐呢,安妮说的。人民可以听音乐,我们为什么不能恢复文明的礼节呢?"

市长盯着她看了一会儿,说话声音尖锐。"夫人,我想请你允许我们不喝酒。人民现在不知道怎么一回事。他们在和平时期生活得太久了,想不到会打仗。他们选我不是为了不知所措。镇上六个青年今天早晨被打死了。我想我们不会举行狩猎早餐会。人民参加战争不是什么游戏。"

夫人微微低下头。她一生中有好多次发现她的丈夫变成了市长。这一点她明白:不要把市长和丈夫混淆起来。

奥顿市长看看表,约瑟夫进来给他一杯浓咖啡,他心不在焉地接了过来,说了声"谢谢",喝了一口。他表示歉意似的对温德大夫说:"我应该知道,我应该——你知道侵略军有多少人吗?"

"不是很多,"大夫说,"我看不满二百五十人——不过全配备了那种小型机枪。"

市长又喝了一口咖啡,又提了一个问题:"全国其他地方怎么样?"

大夫耸了耸肩,又放下来。

"没有一个地方抵抗吗?"市长失望地问。

大夫耸了一耸肩。"我不知道。电线不是割断了,便是被控制了。听不到消息。"

"我们的人,我们的兵呢?"

"我不知道。"大夫说。

约瑟夫插了进来。"我听说——是安妮听说的——"

"听说什么，约瑟夫？"

"六个被机枪打死了，先生。安妮听说三个受伤，被抓去了。"

"可我们有十二个。"

"安妮听说三个逃走了。"

市长马上转过身来，追问："哪三个逃走了？"

"我不知道，先生。安妮没听说。"

夫人用手指检查了一下桌上有没有尘土。她说："约瑟夫，他们来了以后，你等在电铃旁边。我们可能要一些小东西。穿你的另一件上衣，约瑟夫，有纽扣的那一件。"她想了想，"还有，约瑟夫，叫你做的事情做完之后，你就出去。你站在那里听人说话，给人印象很坏。这是小家子习气。"

"是的，夫人。"

"我们不要酒了，约瑟夫，不过你要准备一点香烟，放在小银果盒里。给上校点烟的时候，不要在鞋上划火柴。要在火柴盒上划。"

"是的，夫人。"

奥顿市长解开上衣扣子，取出表来看了看，又放回去，扣上扣子。有一颗纽扣扣得高了，夫人过去将它重新扣好。

温德大夫问："几点？"

"差五分十一点。"

"一个有时间概念的民族，"大夫说，"他们会准时到这里。你要我走开吗？"

奥顿市长表示吃惊。"走开？不——不，留在这儿。"他轻声笑道，"我有点怕。"他表示歉意，"嗯，不是怕，是紧张。"他失望地说，"我们从来没有被人征服过，这么长时间了——"他停下来听。远处传来军乐声，是一支进行曲。他们全转到军乐声的方向听着。

夫人说："他们来了。我希望来的人不要太多，一下子把这里挤得满满的。这间房子不大。"

温德大夫讥笑说："夫人想要凡尔赛宫里那个百镜厅吧？"

她抿住嘴唇，朝四周一望，心里已经在盘算那些征服者来了之后的情况。她说："这间房子很小。"

军乐响了一阵，又慢慢低了下去。门上传来轻轻的敲门声。

"这会儿谁敲门？约瑟夫，要是别的人，请他晚些来。我们正忙着呢。"

那人继续敲门。约瑟夫走到门前，先打开一条缝，再开大一点。一个灰色的人影出现了，戴着钢盔和粗大的手套。

"兰塞上校向你们致意！"那个人说，"兰塞上校前来会见市长。"

约瑟夫把门开大。戴钢盔的传令兵跨进门，向房里四周迅速地扫了一眼，接着站在一边，喊道："兰塞上校到！"

又一名戴钢盔的人进门来，他的职位只体现在肩章上。随后进来的是一个身材矮小的人，身穿一套西装。这上校是个中年人，阴沉坚毅，面带倦容。他肩膀宽阔，像个军人，但没有一般士兵那种漠然的神色。他身旁还有一个秃头的小个儿，脸色红润，两只乌黑的小眼珠，外加一张肉感的嘴巴。

兰塞上校脱下钢盔，朝市长很快地鞠了一躬："市长！"又向市长夫人一鞠躬，"夫人！"他说，"请把门关上，下士。"约瑟夫很快地关上门，颇为得意地看着那个士兵。

兰塞疑惑地瞧着大夫。奥顿市长说："这位是温德大夫。"

"是官员吗？"上校问。

"是医生，先生，也可以说是本地一位历史学家。"

兰塞微微鞠了一躬。他说："温德大夫，恕我无礼，但在你的历史书上会有一页，也许——"

温德大夫笑着说："也许许多页。"

兰塞上校稍微侧身，向着他的同伴。"我想你认识柯瑞尔先生吧。"他说。

市长说："乔治·柯瑞尔？当然认识。你好，乔治！"

温德大夫马上插话，怪有礼貌地说："市长，这就是我们的朋友，乔治·柯瑞尔。为侵占我们这个市镇出谋划策的乔治·柯瑞尔。把我们的士兵调进山里去的、我们的赞助人乔治·柯瑞尔。我们餐桌上的客人乔治·柯瑞尔。把我们镇上每件武器列了清单的乔治·柯瑞尔。我们的朋友乔治·柯瑞尔！"

柯瑞尔生气地说："我为我的信仰效劳！那是一件光荣的事情。"

奥顿的嘴微微张着。他不知怎么回事。他孤立无援，先看着温德，再看看柯瑞尔。"这不对吧，"他说，"乔治，这不对！你是我的座上客，同我一起喝过葡萄酒。还有，你带我一起筹建了医院。这不对呀！"

他定神牢牢地瞧着柯瑞尔，柯瑞尔也狠狠地回看着他。他们长时间的沉默。接着市长的脸慢慢地收紧，变得十分严肃，整个儿身子也挺直起来。他对兰塞上校说："我不愿意同这位先生在一起谈话。"

柯瑞尔说："我有权利留在这里，我像他们一样，也是一名战士。我只不过没有穿制服罢了。"

市长重申："我不愿意同这位先生一起谈话。"

兰塞上校说："是不是请你现在离开，柯瑞尔先生？"

柯瑞尔说："我有权利留在这里！"

兰塞上校尖声说："是不是请你现在离开，柯瑞尔先生？你的地位还能比我高？"

"不，先生。"

"那请走吧，柯瑞尔先生。"兰塞上校说。

柯瑞尔生气地瞪了市长一眼，转过身，很快走出门去。温德大夫略略一笑，说道："在我的历史书里，这够我好好写一段了。"兰塞上校目光犀利地看了他一眼，但没有作声。

这时，右边的门开了，浅黄头发、红眼睛的安妮一脸虎气地走进门来。"后面走廊上有许多兵，夫人，"她说，"就在那里站着。"

"他们不会进来的，"兰塞上校说，"这只不过是军事程序。"

夫人冷冷地说："安妮，你有什么事情，叫约瑟夫传个话。"

"我不知道，可是他们想进来，"安妮说，"他们闻到了咖啡的香味儿。"

"安妮！"

"是，夫人。"她退了下去。

上校说："我可以坐下吗？"他解释说，"我们好长时间没有睡觉了。"

市长自己也像刚睡醒似的。"可以，"他说，"当然可以，请坐。"

上校看看夫人，她坐了下来，于是他也疲惫地坐进一张椅子里。奥顿市长似醒非醒站在那里。

上校开口了："我们希望我们能好好合作。你看，先生，这好像冒风险做生意，而不是别的。我们需要这里的煤矿，需要捕鱼业。我们尽可能好好相处，摩擦越少越好。"

市长说："我听不到消息。全国其他地方怎么样？"

"全占领了，"上校说，"事先计划周密。"

"没有一个地方抵抗吗？"

上校同情地看着他。"没有抵抗就好了。有的，有些地方抵抗，但这只能造成流血。我们计划得非常周密。"

奥顿抓住这点不放。"但还是有抵抗。"

"是的，不过抵抗是愚蠢的。就像这里，一下子就被摧毁了。抵抗既可悲又愚蠢。"

温德大夫明白市长急于知道这一点的心理。他说："是愚蠢，但他们毕竟抵抗了。”

兰塞上校说："只有少数人抵抗，已经平息了。整体来说，人民是平静的。"

温德大夫说："人民还不知道发生了什么事。"

"他们正在明白，"兰塞说，"他们不会再愚蠢了。"他清了清嗓子，声音变得轻快些，"现在，先生，我谈正事。我确实非常累，但是我必须做好安排才能去休息。"他往前坐了坐，"我与其说是一个军人，不如说是一个工程师。这整个工作就像一项工程，而不是征服。煤必须从地下挖出来，并且从海上运走。我们有技术人员，但当地人必须继续在煤矿挖煤。这一点清楚吗？我们不想采取严厉手段。"

奥顿说："这一点很清楚。但如果人民不愿意挖煤呢？"

上校说："我希望他们挖，因为他们一定得挖。我必须弄到煤。"

"但是，如果他们不挖呢？"

"他们一定得挖。他们是听话的人民。他们不想遇到麻烦。"他等市长回答，可市长没有回答。"是不是这样，先生？"上校问。

奥顿市长扭了一下链条。"我不知道，先生。在我们的政府领导下，他们是听话的。你们领导下他们怎么样，我不敢说。没有经历过这种情况，你知道。我们建立政府以来，已经有四百多年了。"

上校很快回答："我们了解这一点，所以我们想维持你们的政府。你还是当你的市长，由你发布命令，奖惩也由你做主。这样，他们就不会惹事了。"

奥顿市长看着温德大夫。"你是怎么考虑的？"

"我不知道，"温德大夫说，"这倒很有意思。我看会出事。老百姓心里可能怀着恨呢。"

奥顿市长说："我也不知道。"他对上校说："先生，我是人民的一分子，可是我不知道他们会干什么。也许你知道，他们可能同你或者我们所了解的完全不同。有的人民接受指定下来的领袖，并且听从他们。但我是我的人民选出来的。他们选了我，也可以罢免我。如果他们认为我倒向你们一边，就可能把我罢免。我真不知道。"

上校说："你让他们守秩序，你就为他们尽了义务。"

"义务？"

"是的，义务。保证他们不受伤害是你们的责任。他们要是反抗，他们就有危险。我们必须弄到煤。你明白。我们的领袖没有告诉我们怎么去弄到煤，他们只是命令我们去弄。你得保护你的人民。你必须叫他们干活，从而保证他们的安全。"

奥顿市长问："但是，假使他们不顾安全呢？"

"那你必须为他们着想了。"

奥顿颇为自豪地说："我的人民不喜欢别人替他们思考。可能与你们的百姓不同。我虽然糊涂，但这一点我有把握。"

这时约瑟夫快步走进来，向前站着，急着要说话。夫人说："什么事，约瑟夫？拿银烟盒来。"

"对不起，夫人，"约瑟夫说，"对不起，市长。"

"你要什么？"市长问。

"是安妮，"他说，"安妮在发火，先生。"

"怎么啦？"夫人问。

"安妮不愿意那些士兵站在后廊上。"

上校问："他们惹事了吗？"

"他们在门外看安妮，"约瑟夫说，"安妮不愿意。"

上校说："他们在执行命令。他们不碍事。"

"可是，安妮不愿意他们这么看她。"约瑟夫说。

夫人说："约瑟夫，告诉安妮小心点。"

"是，夫人。"约瑟夫走了出去。

上校疲倦得眼睛下垂。"还有一件事，市长，"他说，"我跟我的人可不可以住在这里？"

奥顿市长想了想说："这个地方小。还有更大、更舒适的地方。"

约瑟夫回来，手里拿着银烟盒。他打开烟盒，递到上校面前。上校取了一支，约瑟夫得意扬扬地给他点上。上校深深地喷了一口烟。

"不是这个问题，"他说，"我们发现，如果团部设在当地政府机关里，就会更加安宁一些。"

"你是不是说，"奥顿问道，"使人民感到其中含有合作的意思？"

"是的，我想是这个意思。"

奥顿市长无可奈何地看着温德大夫，温德只报以苦笑。奥顿轻声说："我可不可以谢绝这番美意呢？"

"很抱歉，"上校说，"不行。这是我的领袖的命令。"

"人民不会喜欢这么做。"奥顿说。

"老是人民！人民已经被解除武装。人民没有说话的份儿。"

奥顿市长摇摇头。"你不了解，先生。"

门口传来一个女人发脾气的声音，"砰"的一声，接着传来一个男人的叫喊声。约瑟夫急匆匆走进门来。"她在泼开水，"约瑟夫说，"她在发火。"

门外传来发命令声，笨重的脚步声。兰塞上校吃力地站起来问道："你管不住你的用人吗，先生？"

奥顿市长笑了笑。"管不住，"他说，"她高兴起来是一名很好的厨师。有人受伤了吗？"他问约瑟夫。

"水是开的，先生。"

兰塞上校说："我们只想完成任务。这是一项工程。你得训练好你的厨师。"

"我做不到，"奥顿说，"她会辞职不干的。"

"现在是非常时期。她不能辞职。"

"那她会泼开水的。"温德大夫说。

门开了，一名士兵站在门口。"要不要逮捕这个女人，长官？"

"伤人了吗？"兰塞问。

"伤了，长官，烫的，有人被她咬了。我们已经把她抓住了，长官。"

兰塞好像拿不出办法，便说："放了她，你们撤出走廊，到外边去。"

"是，长官。"那士兵随手把门带上了。

兰塞说："我完全可以枪毙她，也可以把她关起来。"

"那就没有人为我们做饭了。"奥顿说。

"你看，"上校说，"上级命令我们与你们的人民好好相处。"

夫人说："对不起，先生，我去看看士兵们是不是伤了安妮。"她走了出去。

这时兰塞站了起来。"我说了，我很疲劳，先生。我得去睡一会儿。为大家好，请和我们合作。"奥顿市长不回答。"为大家好，"兰塞上校说，"你愿意吗？"

奥顿说："这是个小市镇。我不知道。人民不知道该怎么办，我也不知道。"

"但是你愿意合作吗？"

奥顿摇摇头。"我不知道。等全镇上下决定怎么办，我也可能怎么办。"

"可你是领导。"

奥顿笑着说："你可能不相信，但事实如此：我们的领导在全镇。我不知道怎么会是这样，为什么是这样，但事实就是如此。这说明我们行动起来不像你们这么快，但一旦确定方向，我们会一致行动。我现在不知道该怎么办。还不知道。"

兰塞疲乏地说："我希望我们能够合作。这对每个人来说，都方便一些。我希望我们可以信任你。我不希望考虑采取军事手段来维持秩序。"

奥顿市长默不作声。

"我希望我们可以信任你。"兰塞又说了一遍。

奥顿把手指塞进耳朵，转动他的手。"我不知道。"他说。

这时夫人走进门来。"安妮火极了，"她说，"她在隔壁房间，正跟克里丝汀说着话。克里丝汀也在生气。"

"比起安妮来，克里丝汀是一名更好的厨师。"市长说。

第二章

在市长小官邸的楼上，兰塞上校设立了他的团部。除上校之外，还有五个军官。亨特少校是个小个子，让数字给迷了心窍，他认为自己是一个独立可靠的整数，因此，别人在他眼里，要么也是独立可靠的整数，要么就不配活下去。亨特少校是一个工程师，要不是打仗，谁也想不到会叫他去指挥别人。亨特少校把他手下人当成数字排列起来，对他们加减乘除。他是个算术家，不是数学家。高等数学中的幽默、音乐或者奥妙都进不了他的脑袋。人可以按身高、体重或者肤色加以区分，例如 6 不同于 8，但其他方面就没有什么区别。他结婚多次，却弄不明白为什么他的妻子们在同他离婚之前都弄得那么神经紧张。

彭蒂克上尉是一个家庭观念很重的人，他爱狗，爱脸色红润的小孩，爱过圣诞节。作为上尉，他年纪过大，但奇怪的是他毫无雄心，以致始终停留在那个军衔。战前他万分羡慕英国乡绅，爱穿英国人衣服，养英国狗，抽英国烟斗，他那种特殊的混合板烟丝就是从伦敦寄来的。他还订阅乡间杂志，那上面刊登有关园艺的文章，还不断争论英格兰种和戈登种猎狗的优劣。彭蒂克上尉度假都在萨西克斯，在布达佩斯或巴黎被误认为英国人，让他心里很高兴。战争一来，表面上这套生活方式全改了，但烟斗抽得时间太长，手杖用得太久，一时改不了。五年前，他给《时报》写了一封信，反映英格兰中部地区牧草正在枯萎，署名"艾德蒙·吐切尔先生"[1]；《时报》居然把这封信登了出来。

如果说彭蒂克当上尉年龄嫌大，那么洛夫特当上尉年龄又嫌小。你心目中的上尉该具备的条件，他统统具备。他在上尉这个头衔里生活和呼吸。他没有一刻忘记自己是个军人。他野心勃勃，步步高升。他的晋升好比奶油浮到牛奶的面上。他行军礼时脚跟"咔嚓"一声，干净利落，像舞蹈家的动作。他熟悉各种军礼，而且坚持施行，连将军们也怕他，因为他熟悉军人的举止胜过那些将军，洛夫特上尉深信军人是动物生活的最高发展阶段。如果他想到世界上还存在上帝，那么，在他心目里，上帝是一位德高望重的老将军，双鬓灰白，已经退伍，天天思念以往的战役，一年有好几次来到他部下的坟上献放花圈。洛夫特上尉认为，所有的妇女都爱军人，否则就无法理解。按正常情况推算，

---

[1] 原文 Edmund Twitchell, Esq.，将 Esq. 或 Esquire 放在姓名后边是英国写法，含古风，尤用于士绅。

他到了四十五岁，便能升到准将级，到时候画报会刊登他的照片，两边站着苍白而又雄赳赳的高大妇女，她们头上戴着上有羽毛、下有缎带的阔边帽。

帕拉克尔中尉和汤陀中尉都是乳臭未干的大学生，这些中尉都是在当时的政治气候中成长起来的，深信伟大的新制度，因为这是一位伟大的天才发明的，用不着他们操心去检验这制度的后果如何。这两个年轻人好动感情，一会儿流泪，一会儿发火。帕拉克尔中尉藏着一绺头发在表的背后，用一小块蓝缎子包着，可是头发常常蓬松起来，卡住表的摆轮，于是他戴了一只手表看时间。帕拉克尔喜欢跳舞，这年轻人虽然活泼，却能像"领袖"那样皱眉不悦，也能像"领袖"那样沉思。他痛恨堕落的艺术，还亲手撕毁过好几幅油画。在歌舞场上，他有时给他的同伴们画的铅笔素描非常之好，他们常同他说他应当去做艺术家。帕拉克尔有几个漂亮的姐妹，他颇为得意，当时他以为她们受人欺侮，就出头闹出事来，而她们却心里不安，害怕什么人果真欺侮她们，这不难做到。帕拉克尔中尉不当班的时候，几乎全部时间都在做白日梦，动脑筋如何勾引汤陀中尉漂亮的妹子，这姑娘长得健美，可情愿同年龄较大的男人勾搭，他们不会像帕拉克尔中尉那样弄乱她的头发。

汤陀中尉是一个诗人，一个哀怨的诗人，怀着高尚的青年对穷姑娘的完美的理想爱情。汤陀是一个悲观的浪漫主义者，视野之宽度犹如他的经历。他常常对着幻想中忧伤的女子哼几句无韵诗。他渴望战死在疆场，双亲站在后面哭泣，"领袖"站在这位将死的青年面前显得又英武又悲切。他常常想象他死时的情景：落日的余晖映照着破碎的军器，他的同伴默默地站在他周围低着头，空中一大片云彩上奔驰着瓦尔基里女神①，她们个个乳房高耸，融母亲与情妇于一体，她们背后又响彻着华格纳乐曲式的雷声。连临终前说些什么话，他也已经想好。

这些人就是团部的成员，个个把战争看成儿戏。亨特少校把战争当做算术题，演算完了之后就可以回家烤火；洛夫特上尉认为正常情况下成长的青年应该把打仗当做正常的生涯；帕拉克尔中尉和汤陀中尉是在梦中看战争，眼里看到的事全非现实。到目前为止，他们参加的战役好比游戏——用精良的武器、周密的策划去攻打手无寸铁、毫无准备的敌人。他们没有打过败仗，伤亡甚少。他们如同凡人，遇到阻力，可能胆怯，也可能英勇。他们之中，只有兰塞上校明白，从根本上看，战争究竟是怎么一回事。

兰塞从前在比利时和法国待了二十年，他不愿意多想，因为他知道战争就是欺诈与仇恨，无能的将领混战一场，加上酷刑、残杀、疾病和疲惫，等战争结束之后，什么情况都改变不了，到头来还是新的疲惫，新的仇恨。兰塞告诫自己，他是个军人，必须执行命令。上级不需要他提出问题，也不需要他思考，只要他执行命令。他尽量不去回忆过去战争的令人厌恶之处，也明白这次战争同以往的战争无异。可他每天有五十次提醒自己，这次战

---

① 北欧神话中主神欧丁的使女，专将阵亡将士送往欧丁为他们安置的庙堂。

争不同以往；这次战争与从前的战争完全不一样。

不论行军、镇压暴动、踢足球还是打仗，一切都模糊了。现实的事情成了非现实，心头一片迷雾。紧张、激动、疲乏和行动——一切都化成一场记不清的大梦。事过之后，记不清你当时是怎样杀的人，或者怎样下令杀的人。当时不在场的人告诉你当时怎么一回事，这时你只能模模糊糊地回答："是啊，我想大概是这么一回事。"

这班人马占了市长官邸楼上三间房子。他们在卧室里放了帆布床、毯子和行装，隔壁的房间算是他们的俱乐部，楼下正好是市长那间小客厅。这个俱乐部不那么舒适：只有几把椅子、一张桌子。他们写信、看信都在那间屋子，谈话、喝咖啡、做计划和休息也在那间屋子。窗户之间的墙上挂着油画，画上有母牛、湖泊和小农舍，他们从窗户可以看到市镇，看到海边的码头，船舶都系在那里，拉煤的船也在那里停靠，装上煤之后驶出海去。他们可以看到这个小市镇绕过广场到达水边，看到船帆高卷的渔船泊在海湾里。他们从窗口还闻到海滩上晒着的鱼腥味。

房子中间有一张大桌子，亨特少校坐在桌边。他把制图板放在膝上，靠着桌子，用丁字尺和三角板设计一条新的铁路支线。制图板不稳，少校越来越生气。他回过头来叫了一声："帕拉克尔！"接着又叫了一声，"帕拉克尔中尉！"

卧室的门开了，中尉走出来，脸上还有一半刮胡子的肥皂沫，手里拿着刷子。"什么事？"他说。

亨特少校摇摇他的制图板。"支板的三脚架还没从行李里找出来吗？"

"我不知道，长官，"帕拉克尔说，"没去找。"

"那现在找去，行不行？这种光线绘制不行。我还得重画一次才能用钢笔描。"

帕拉克尔说："我刮完胡子马上去找。"

亨特不高兴地说："这条线路比你的脸重要。看看那堆东西下面有没有像高尔夫球袋那种样子的帆布袋。"

帕拉克尔回到卧室去。右手的门开了，洛夫特走了进来。他戴着钢盔和一副望远镜，别着一支手枪，身上还挂了各种各样的小皮袋。他一进门就卸下了那些装备。

"你看，那个彭蒂克真是神经病，"他说，"他戴着便帽去值勤，就在下面大街上。"

洛夫特把望远镜放在桌子上，脱掉钢盔，取下防毒面具袋。桌上堆起一小堆装备。

亨特说："不要放在这儿，我还得工作呢。他为什么不能戴便帽？又没有出过事。我讨厌这些铁器，又笨重又看不清东西。"

洛夫特一本正经地说："不戴钢盔不好。给这里人的印象也坏。我们一定要维持军队的纪律，要随时注意，不能随便。不这么做就会出乱子。"

"你怎么会这么想？"亨特问。

洛夫特挺了下身子，嘴唇抿紧，很有把握的样子。迟早总有人因为他凡事坚定而揍他鼻子的。他说："不是我想不想的问题。我只是说明《手册》第二十四项第十二条关于占领区军人举止的

规定，那上面规定得十分清楚。"他本想接着说"你——"结果
改成"——人人应当仔细读一读那一条"。

亨特说："我不知道写这条规定的人到没到过占领区。这里
的人够善良的了，好像很听话。"

帕拉克尔走进门来，脸上还留着一半肥皂沫。他拿着一只棕
色的管状帆布袋，汤陀中尉跟在他后面。"是这个吗？"帕拉克
尔问。

"是的。你打开，支起来。"

帕拉克尔和汤陀把三脚架打开，试了试，放在亨特旁边。少
校把他的板旋在上面，向左右歪了歪，最后固定在后面。

洛夫特上尉说："中尉，你知道你脸上还有肥皂沫吗？"

"知道，长官，"帕拉克尔说，"少校叫我取三脚架的时候我
正刮着胡子。"

"你最好把它擦了，"洛夫特说，"上校可能会看见。"

"啊，他不会在乎。他不在乎这类事情。"

汤陀站在亨特背后看他画。

洛夫特说："他也许不在乎，但这样子不好。"

帕拉克尔拿出一条手绢，擦掉脸上的肥皂沫。汤陀指着画板
角上一小幅画说："这座桥不错，少校。可我们上哪儿去造这么
一座桥啊？"

亨特低头看画，接着回过头来对汤陀说："哈！我们不造什
么桥。铁路设计画在这里。"

"那你为什么要画一座桥呢？"

亨特好像有点难为情。"你知道，我在我家后院做了一条铁路线的模型。我一直想在一条小溪上面搭一座桥。铁路线延伸到小溪，可是桥一直没有搭起来。我想在这儿把它设计好。"

帕拉克尔中尉从口袋里掏出一张折好的印刷纸，把它打开，举起来看看。这是一张姑娘的照片，长长的腿，漂亮的衣服，长睫毛，穿着网眼的黑丝袜，胸襟开得很低，这个金发女郎身材健美，正躲在一把花边扇子后面朝外窥视。帕拉克尔中尉举起照片说："她还不错吧？"汤陀中尉用批评的眼光看了照片，说："我不喜欢。"

"你什么地方不喜欢？"

"我就是不喜欢，"汤陀说，"你要她的照片干什么？"

帕拉克尔说："因为我喜欢，我敢说你也喜欢。"

"我不喜欢。"汤陀说。

"你是说，要是有机会你也不想带她出去？"帕拉克尔问。

汤陀说："我不想。"

"你啊，真是神经病。"帕拉克尔走到一张窗帘前面，他说，"我就是要把她别在上面，让你好好想想她。"他把照片别在窗帘上。

洛夫特上尉正在收拾他的装备并往怀里抱，他说："我看别在这里不好，中尉。你还是取下来吧。给当地人的印象也不好。"

亨特抬起头来。"什么东西印象不好？"他顺着他们的目光看到照片，问："那是谁？"

帕拉克尔说："是个演员。"

亨特仔细看了看。"啊，你认识她吗？"

汤陀说："她到处流浪。"

亨特说："这么说你认识她了？"

帕拉克尔定神望着汤陀说："我说，你怎么知道她到处流浪？"

汤陀说："她像个流浪演员。"

"你认识她？"

"不认识，我不想认识。"

帕拉克尔开口说："那你怎么知道？"这时洛夫特插了进来："你还是把照片取下来吧。你喜欢你就贴在你自己床头。这间屋子是办公室。"

帕拉克尔不服，一边瞧着他一边正想开口，洛夫特上尉说："这是命令，中尉。"于是可怜的帕拉克尔折起照片，放回口袋。他想做出高兴的样子换一个话题。"这镇上有几个姑娘挺漂亮，"他说，"等我们安定下来，一切正常之后，我要同她们去搭搭讪。"

洛夫特说："你最好去读读第二十四项第十二条，其中专有一段讲男女关系的。"他拿着用具走了出去，包括望远镜和各种装备。汤陀中尉还站在亨特背后看，他说："这个办法聪明——煤车直接从煤矿开到码头装船。"

亨特慢慢地画完，说："我们得加快速度，我们得把煤运出去。这是一件大事。幸好此地的人民很平静，很知趣。"

洛夫特空着手回到屋里。他站在窗户边，望着港口和煤矿说："他们平静、知趣，是因为我们平静、知趣。这是我们的荣誉，所以，我赞成一切按程序进行。这是经过非常周密考虑的。"

门开了，兰塞上校进来，一进门就脱掉了大衣。大家向他行军礼——不很严格，但也够了。兰塞说："洛夫特上尉，你能不能下去换一换彭蒂克？他不舒服，说头晕。"

"是，长官，"洛夫特说，"长官，我可不可以提一下，我刚值完勤？"

兰塞细细地打量了他一下。"你再值一班，可以吗，上尉？"

"完全可以，长官。我是为了备案才提出来的。"

兰塞松弛下来，咯咯笑道："你希望在报告里提上一笔，是不是？"

"这没有坏处，长官。"

"提你提够了，"兰塞继续说，"你胸前就会多挂一枚东西。"

"它们是军人生涯的里程碑，长官。"

兰塞叹了口气。"是啊，我想是里程碑。不过不是你会记住的里程碑，上尉。"

"长官，这是——？"洛夫特问。

"也许——你以后会明白我的意思。"

洛夫特上尉很快地佩带完毕，说了声"是，长官"，就走出门去，外面传来他走下木楼梯"登登"的脚步声，兰塞颇有趣地看着他出去。他轻声说："他是一个天生的军人。"亨特抬起头来，手里举着铅笔，说："一头天生的驴子。"

"不，"兰塞说，"他是个军人，就好像许多人会当政治家那样。他不久就会进参谋部，从上面往下面看战争，所以他会永远喜欢战争。"

帕拉克尔中尉说："长官，你看战争什么时候结束？"

"结束？结束？你是什么意思？"

帕拉克尔中尉说："我们多久才能取得胜利？"

兰塞摇摇头。"哦，我不知道。世界上还有敌人。"

"可是我们会征服他们的。"

兰塞说："会吗？"

"我们不会？"

"会。是啊，我们永远会征服敌人。"

帕拉克尔激动地说："那么，圣诞节前后局势安定，你看我们会放几天假吗？"

"我不知道，"兰塞说，"这样的命令必须由国内发。你想回家过圣诞节？"

"是，想回家过节。"

"也许可以，"兰塞说，"也许可以。"

汤陀中尉说："我们不会放弃这个占领区吧，长官，战争结束之后我们会放弃这个占领区吗？"

"我不知道，"上校说，"怎么啦？"

"是这样的，"汤陀说，"这个国家不错，人民也不错。我们的人——有些人——可以在这里定居。"

兰塞开玩笑说："说不定你看中什么地方了吧？"

"嗯，"汤陀说，"这里有些农场挺漂亮。把四五个农场合并在一起，我想住在那儿挺不错。"

"那，你家里没田地了？"兰塞问。

"没有了，长官，没有了。通货膨胀一来，全没有了。"

兰塞懒得再同孩子们说话。他说："啊，我们还有仗要打。我们还有煤要挖。你看我们是不是等仗打完再置办这些地产呢？这些命令都要等上级发。洛夫特上尉会告诉你这一切的。"他的态度变了。他说："亨特，你的钢明天到。你的铁轨这个星期可以动工。"

有人敲门，一个卫兵伸进头来。他说："柯瑞尔先生求见，长官。"

"让他进来，"上校说，接着又对其他人说，"这里的准备工作就是这个人做的。我们可能同他有些麻烦。"

"工作做得好吗？"汤陀问。

"做得好，不过他同这里的人民不会相处好。我不知道同我们能不能相处好。"

"他该记上一功。"汤陀说。

"对，"兰塞说，"你别以为他不会提出这一点。"

柯瑞尔进来，一边搓着手，一边向大家表示诚意和亲善。他还是穿着他那套黑西装，但头上有一块白纱布，十字形的橡皮膏贴在头发上。他走到屋子中央说："上校，早晨好，昨天楼下出事之后早该来拜访，但考虑到你非常忙，就没来。"

上校说："早晨好。"接着用手绕了一圈说，"这些人都是我团部的，柯瑞尔先生。"

"好样的，"柯瑞尔说，"他们干得不错。我已经尽力为他们做好了准备。"

亨特看着他的制图板，取出一支吸水笔，蘸了一下墨水，开始在画上着色。

兰塞说："你准备得很好。不过，不杀死那六个人就好了。他们这些兵不回来就好了。"

柯瑞尔伸开双手，心安理得地说："这么大的市镇，还有煤矿，死六个人是小意思。"

兰塞严肃地说："只要能解决问题，我不反对杀人。不过，有时候不杀最好。"

柯瑞尔一直在打量这些军官。他斜眼看着中尉们说："我们——也许——可以单独谈谈吧，上校？"

"可以，随你啊。帕拉克尔中尉，汤陀中尉，请你们回自己屋去，行吗？"上校对柯瑞尔说，"亨特少校正在工作。他工作的时候听不见我们说什么话的。"亨特抬起头来，默默一笑，又低头工作。年轻的中尉们离开屋子。他们走了之后，兰塞说："好，可以谈了。你请坐吧。"

"谢谢你，长官。"柯瑞尔在桌子后面坐下。

兰塞瞧着柯瑞尔头上的纱布，直截了当地说："他们已经想杀死你了吗？"

柯瑞尔用手指摸了摸纱布块。"你说这个？哦，这是今天早上山壁上一块东西掉下来砸的。"

"你肯定不是别人有意扔的？"

"这是什么意思？"柯瑞尔问，"这里的人不凶。他们一百年来没有打过仗。他们早把打仗的事忘光了。"

"你一直生活在他们中间，"上校说，"你应当明白。"他走近柯瑞尔身边。"不过，你要是太平无事，这里的人民就跟世界上别的人民不一样了。我从前占领过别的国家。二十年前我在比利时，还有法国。"他摇了摇头，好像叫头脑清醒似的，他粗声粗气地说："你干得不错。我们应当感谢你。我在报告里提到了你的工作。"

"谢谢你，长官，"柯瑞尔说，"我尽力而为。"

兰塞用疲乏的音调问道："那么，先生，我们现在怎么办呢？你愿意回首都去吗？你要是急着去，我们可以用装煤的船送你去，要是不着急，可以等驱逐舰一起走。"

柯瑞尔说："但是我不想回去。我要待在这里。"

兰塞考虑了一下说："你知道，我们人不多。我抽不出多少人保卫你。"

"可我不需要保卫啊。我说了，这里的人民不凶。"

兰塞注视了一会儿他头上的纱布。亨特抬起头来说："你最好戴一顶钢盔。"接着低头做他的工作。

这时，柯瑞尔将椅子靠前挪了一点。"上校，我特别想同你谈的是这个，我当初以为我可以在政府工作方面帮帮忙。"

兰塞转身走到窗前，向外眺望，又转过身来，轻声说："你是怎么想的？"

"是这样，你们必须有一个你们信得过的政府。我以为奥顿市长也许现在会下台——如果我接管他的工作，那么内政和军事两方面会配合得非常好。"

兰塞的眼睛好像变大了，变亮了。他走到柯瑞尔身边，尖声说："你在报告里提到这一点了吗？"

柯瑞尔说："提啦，当然提啦，我分析了这一点。"

兰塞打断他的话。"我们来了之后，你同镇上的人说过这件事没有——跟外面的人说过市长的事没有？"

"没有。你知道，这里的人惊惶未定。他们没想到这一点。"他笑出声来，"没有，长官，他们肯定想不到这一点。"

但是兰塞抓住不放。"这么说你真的不知道他们心里在想什么？"

"怎么，他们吃惊，"柯瑞尔说，"他们——他们像是在做梦。"

"你不知道他们对你有什么看法？"兰塞问。

"我在这儿有许多朋友。所有人我都认识。"

"今天早晨有人到你店里买东西吗？"

"这个，当然啰，生意清淡，"柯瑞尔回答，"现在谁也不买东西。"

兰塞一下子放松下来。他走向一张椅子，坐下来，跷起腿，心平气和地说："你这部分工作艰苦、勇敢，为我们效了劳，应该大大报答。"

"谢谢你，长官。"

"到时候他们会恨你。"上校说。

"我顶得住，长官。他们是敌人。"

兰塞犹豫了好长时间才开口，话说得很轻："你甚至得不到我们的尊重。"

柯瑞尔激动地跳起来。"这不符合领袖的话！"他说，"领袖说了，一切部门的工作都同样光荣。"

兰塞十分平静地往下说："我希望领袖了解情况。我希望他能了解军人心里想什么。"接着几乎用怜悯的口吻说，"你应该大大受到报答。"他默不作声地坐了一会儿，又振作起来说："我们现在必须准确无误。我掌管这个地方。我的工作是把煤挖出来。为了做到这一点，我们必须维持秩序和纪律，为了维持秩序和纪律，我们必须知道这些人心里在想什么。我们必须事先知道反抗行为。你明白吗？"

"是，你想知道的事情，我能查出来，长官。我当了这里的市长，工作效率会非常之高。"柯瑞尔说。

兰塞摇摇头。"我没有接到这个命令，必须自己作出判断。我认为你永远也不可能再了解这里的情况。我认为没有人会同你说话；没有人愿意接近你，除了那些贪图钱财的人、靠钱能生活下去的人。我认为你没有卫兵保护，就有很大的危险。所以，我希望你回首都去，到那里去领取你为我们效劳的报酬。"

"可是我的地方是这儿啊，长官，"柯瑞尔说，"这都是我挣来的。我在报告里都写了。"

兰塞好像没有听见他说的话。"奥顿市长不仅仅是一个市长，"他说，"他等于他的人民。他知道人民在做什么、想什么，他不必去打听就知道，因为他想的事情就是人民想的事情。我观察了他，便能知道他们。他必须留任。这就是我的判断。"

柯瑞尔说："长官，我做了这么多工作，反倒把我送走。"

"是，你做了这么多工作，"兰塞慢悠悠地说，"但是，从大局来看，我认为你现在在这里只有害处。如果你现在还没遭人恨，那么你将来会遭人恨。要是发生什么反叛行为，第一个被杀的就是你。我建议你回首都去。"

柯瑞尔不屈地说："你会允许我等到打到首都去的报告有了答复之后再说吧？"

"当然允许。但是我还是劝你回去，这是为你自身的安全考虑。柯瑞尔先生，坦率地说，你在这儿已经没有价值了。不过——我们一定还有别的计划、别的国家。也许可以派你到某个新的国家、某个新的市镇去。你到一个新的地方可以取得新的信任。可以给你一个大镇，甚至一个城市，担负更重要的责任。你在这里工作得好，我会竭力推荐你的。"

柯瑞尔感激得两眼发亮。"谢谢你，长官，"他说，"我卖力工作。也许你做得对。不过，请一定允许我等首都的答复。"

兰塞的语气紧张，两眼眯了起来，严厉地说："戴一顶钢盔，在家里待着，晚上不要出去，尤其是不要喝酒。不要相信女人，也不要相信男人。你明白吗？"

柯瑞尔可怜地看着上校。"我想你是不了解我的情况。我有一幢小房子。有一个可爱的乡下姑娘伺候我。我看她真有点喜欢我。他们是单纯、和平的人民。我了解他们。"

兰塞说："没有什么和平的人民。你什么时候才明白这一点呢？没有什么友好的人民。你不懂这个道理吗？我们侵占了这个国家——你为我们做了准备，用他们的话说，是叛国。"他涨红了脸，声音也高了，"难道你还不懂我们是同这些人在打仗吗？"

柯瑞尔颇为得意地说："我们已经把他们打败了。"

上校站起来，无可奈何地挥动着两条胳臂，亨特抬起头来，伸出手去保护他的制图板，生怕被上校碰了。亨特说："小心，上校。我正用墨水描呢。我不想从头来过。"

兰塞低头看了看，说声"对不起"，然后继续往下讲，像是给学生讲课似的。"失败是暂时的。一次失败不是永远失败。我们被人打败过，而现在我们在进攻。失败说明不了问题。你不懂这一点吗？你知道他们背着我们在议论什么吗？"

柯瑞尔问："你知道？"

"不知道，但是我有怀疑。"

这时柯瑞尔迂回地说："上校，你是不是害怕了？占领区的司令官应该害怕吗？"

兰塞沉重地坐了下来。"也许是这样。"他憎恨地说，"我讨厌这些没有经历过战争、又什么都懂的人。"他用手扶着下巴说，"我记得当年在布鲁塞尔有一个小老婆子——一张讨人喜欢的脸，一头白发，只有四英尺十一英寸高，一双手很纤细，你看得见她皮肤上的血管几乎发黑了。她戴着黑纱巾，一头灰白头发。她常常用颤抖的甜嗓子给我们唱我们的国歌。她总知道哪儿有烟，哪儿有姑娘。"他把手从下巴上缩回来，像从梦中醒来似的。"我们不知道她的儿子已经被枪决，"他说，"她用一枚又长又黑的帽子上的别针杀了我们十二个人，最后我们把她枪毙了。这枚针，我还留在国内。针上有一个珐琅做的扣子，上面还有一只鸟，用红蓝两色拼起来的。"

柯瑞尔说："可你们还是把她枪毙了？"

"当然枪毙了。"

"谋杀士兵的事件制止住了？"柯瑞尔问。

"没有，没有制止住。我们最后撤退的时候，当地人截住了落在后面的士兵，这些士兵有的被他们烧死，有的被抠掉眼珠，有的被钉在十字架上。"

柯瑞尔大声说："这些事不该说，上校。"

"这些事不该忘记。"兰塞说。

柯瑞尔说："如果你害怕就不该当指挥。"

兰塞轻声说："我懂得如何打仗，这一点你明白。如果懂得如何打仗，就至少不会犯愚蠢的错误。"

"你是这样对年轻军官说的吗？"

兰塞摇摇头。"没有，他们不会相信。"

"那你为什么对我说呢？"

"因为，柯瑞尔先生，你的工作已经完成。我记得有一次——"正说到这里，只听得楼梯上传来一阵杂乱的脚步声，门突然被撞开，一个卫兵探头望了望，接着洛夫特上尉闪了进来。洛夫特表情严峻冷静，一副军人派头地说："出乱子了，长官。"

"乱子？"

"报告长官，彭蒂克上尉被人杀死了。"

兰塞说："啊呀——彭蒂克！"

楼梯上又有不少脚步声，两个人抬了一副担架进来，担架上躺着一个用毯子裹着的人。

兰塞说："你肯定他死了吗？"

"肯定死了。"洛夫特严肃地说。

中尉们从卧室进来，微张着嘴，显出害怕的神情。兰塞指着窗户下面的墙边说："放在那儿。"抬担架的走了之后，兰塞跪下，掀起毯子一角，又急忙放下。他仍跪在地上，望着洛夫特说："谁杀的？"

"一个矿工。"洛夫特说。

"为什么？"

"我在场，长官。"

"那你报告经过！报告事情经过，该死的！"

洛夫特挺起胸，正式报告说："我按上校的命令去替彭蒂克上尉值班。彭蒂克上尉正准备回来的时候，我同一个不服从命令的矿工发生冲突。他撂下活儿不干，还高喊什么自由人不自由人的。我命令他干活，他拿着尖头锄向我冲过来。彭蒂克上尉想去挡住他。"他朝尸体方向做了一个小小的手势。

兰塞仍跪着，慢慢点了点头。"彭蒂克是一个奇怪的人，"他说，"他喜欢英国人。英国人的东西，他都喜欢。我觉得他不太想打仗……你抓住那个人了吗？"

"抓住了，长官。"洛夫特说。

兰塞慢慢站起来，仿佛在自言自语："又开始了。我们杀了这个人，又多了二十个敌人。我们只明白这一点，只明白这一点。"

帕拉克尔说："你说什么，长官？"

兰塞回答："没说什么，没说什么。我在想事情。"他转身对洛夫特说："请替我向市长致意，并且提出我马上要见他。有非常重要的事情。"

亨特少校抬起头来，仔细擦干蘸水笔，将笔放进一只丝绒镶边的盒子里。

第三章

在市镇的大街上，行走的人们脸色阴沉。他们的眼睛里不再有惊愕的神色，但愤怒的光芒也还没有出现。煤矿上，推煤车的工人也是阴沉沉的。小商人站在柜台后面做生意，却没有人同他们说话。人们相互间的对话也是一两个字，人人都在想战争，想自己，想过去，想时局怎么一下子改变的。

奥顿市长官邸的客厅里燃着一团小小的炉火，灯都点上了，因为外面天阴又有霜冻。屋子里面正在搬动家具，织锦靠背椅子推在一边，小桌子挪了地方，右手的门洞里约瑟夫和安妮正往里搬一张大方餐桌。他们把桌子侧了过来，约瑟夫在屋里面，安妮涨红了脸站在门外。约瑟夫正把桌子腿往里侧，一边喊："别推！安妮！来！"

"我正在'来啊'。"红鼻子、红眼睛的安妮生气地说。安妮老爱生气，这些兵占领这个地方之后，她的脾气并没有改好。实际上，多年来大家以为她只是坏脾气突然化为了爱国情绪。安妮因为把热水倒在士兵身上出了名，成了自由事业的代表。谁要弄乱她的走廊，她就会把热水倒在谁的身上，但这一回倒成了女英雄；既然她的胜利是由发火引起的，于是安妮继续走向新的胜利，办法是经常发火，而且火气越来越大。

"不要拖着地。"约瑟夫说。桌子卡在门口。"抬平了！"约瑟夫告诫说。

"我是抬平了。"安妮说。

约瑟夫站远一点，研究这张桌子，安妮交叉着胳膊瞪着他。他先试一条腿。"别推，"他说，"别推得这么重。"他终于靠自己把桌子拖了进来，安妮交叉着胳膊跟在后面。"来，抬起，来。"约瑟夫说，最后安妮帮他把桌子四条腿放平，抬到屋子中间。安妮说："要不是市长叫我抬，我才不抬呢。他们有什么权利叫人把桌子搬来搬去？"

"有什么权利进来？"约瑟夫说。

"没有权利。"安妮说。

"没有权利，"约瑟夫又说了一遍，"我看他们根本没有这个权利，但是他们还是来了，又是机关枪又是降落伞的。他们还是来了，安妮。"

"他们没权利，"安妮说，"他们干吗要搬一张桌子到这儿来？这儿又不是餐厅。"

约瑟夫搬了一张椅子到桌子跟前，又小心地让椅子离桌子有一点距离，把它放好。"他们要审判，"他说，"他们要审判亚历山大·莫顿。"

"莫莱·莫顿的丈夫？"

"莫莱·莫顿的丈夫。"

"就因为锄头打了那个家伙？"

"对了。"约瑟夫说。

"他可是一个好人，"安妮说，"他们没有权利审判他。莫莱过生日，他还给莫莱买了一身红衣服。他们有什么权利审判亚历克斯①？"

约瑟夫解释说："他把那家伙打死了。"

"打死了，那是因为那家伙在他面前指手画脚。我听说了。亚历克斯不愿意被人指挥。亚历克斯一直是市镇参议员，他爸爸那时候也是。莫莱·莫顿雪糕做得好，"安妮怜悯地说，"就是糖霜太硬了一点。他们想把亚历克斯怎么样？"

"枪毙他。"约瑟夫忧郁地说。

"他们不能这么做。"

"椅子拿来，安妮。他们能这么做。他们就会枪毙他。"

安妮伸出一只手指，指着他的脸严厉且生气地说："你记住我的话，他们要是伤害亚历克斯，人民不会答应。人民喜欢亚历

---

① 亚历克斯（Alex）是亚历山大（Alexander）的昵称。

克斯。他过去伤害过谁？你说！”

“没有。”约瑟夫说。

“好，你看吧！他们要害了亚历克斯，大家都要疯了，我也要疯了。我受不了！”

“你打算怎么办？”约瑟夫问她。

“怎么？我也杀他们几个。”安妮说。

“那他们也会枪毙你。”约瑟夫说。

“由他们去！我跟你说，约瑟夫，局势会越来越坏——整夜巡逻，开枪。”

约瑟夫在桌子一头放正了一把椅子。奇怪，他也成了密谋者。他轻声说：“安妮。”

她停下来，领会到他的声调之后走近一些。他说：“你能保密吗？”

她钦佩地看着他，因为他从前没有什么秘密。“能啊，什么事？”

“威廉·迪尔和沃尔特·多琪昨天晚上逃走了。”

“逃走了？逃到哪儿了？”

“逃到英国去了，坐船。”

安妮高兴地感叹了一声，似乎有了期望。“人人知道吗？”

“不是人人知道，”约瑟夫说，“人人除了——”他很快地指指天花板。

“他们什么时候走的？我怎么没有听说？”

“你太忙了。”约瑟夫的声音和神色都变得冷峻起来，“你知道那个柯瑞尔吗？"

"知道。"

约瑟夫走到她身旁。"我看他活不长了。"

"这什么意思？"安妮问。

"大家都在说。"

安妮紧张地感叹了一声。"啊！"

约瑟夫终于得出自己的结论。"大家都站到一起来了，"他说，"他们不愿意被人家征服。就要出事的。你把眼睛擦亮一点，安妮。将来还有你的事做。"

安妮问："市长怎么样？他打算怎么办？他站在哪一边？"

"没有人知道，"约瑟夫说，"他什么也没有说。"

"他不会反对我们的。"安妮说。

"他没有说。"

左边的门柄转了一下，奥顿市长缓步走进来。他看起来很疲倦，有些见老了。温德大夫走在他后面。奥顿说："这样子不错，约瑟夫。谢谢你，安妮。这样很好。"

他们走了出去，约瑟夫临关门之前回头看了看。奥顿市长走到火炉前，转身烤他的背。温德大夫拉出桌头的椅子坐下。"我不知道我这个位子还能保持多久。"奥顿说，"人民不太信任我，敌人也不信任我。不知道这件事是好是坏。"

"我不知道，"温德说，"你相信你自己，对不对？这一点你的思想上没有疑问吧？"

"疑问？没有。我是市长。许多事情我不懂。"他指着桌子说，"我不知道他们为什么要在这里审判。他们要给亚历克斯·莫顿杀人判罪。你记得亚历克斯吗？他的妻子个儿小小的，很漂亮，叫莫莱。"

"我记得，"温德说，"她教过小学。是的，我记起来了，她很漂亮，她该戴眼镜可是就是不愿意戴。我想亚历克斯大概杀了一名军官，不会错。这件事没有疑问。"

奥顿市长痛苦地说："没有疑问。可是他们为什么要审他呢？他们为什么不杀了算了？这不是有疑问没有疑问、正义非正义的问题。这里不存在这类问题。他们为什么要审判他——而且在我这个地方？"

温德说："我看这是做样子给人看。他们有他们的想法：如果你按程序办事，你就在理，而人民有时候也因为按程序办事感到满意。我们有过一支军队——不过是带枪的兵士——算不了什么军队，这你知道的。这些侵略者要进行审判，是想告诉人民其中存在正义问题。亚历克斯确实杀了一名军官，你是知道的。"

"是的，我明白了。"奥顿说。

温德继续说："这审判在你的官邸举行，而你的官邸正是人民期待正义的地方——"

还没等他说完，右边的门打开了，进来一位年轻的妇女。她三十岁上下，很漂亮，手里拿着一副眼镜。她的穿着简朴大方，她十分激动，说话很快："安妮叫我直接进来的，先生。"

"当然直接进来，"市长说，"你是莫莱·莫顿。"

"是的，先生，我是莫莱·莫顿。大家说要审判亚历克斯，要把他枪毙。"

奥顿低头望了一会儿地板。莫莱接着说："大家说由你审判。由你发布命令把他拉出去枪毙。"

奥顿抬起头来，很吃惊。"怎么回事？谁说的？"

"镇上的人都这么说，"她挺直身子，用半乞求半要求的语气问道，"你不会这么做的，是不是，市长？"

"我自己都不知道的事情，别人怎么知道？"他说。

温德大夫说："这是一大奥妙。这个奥妙使全世界的统治者感到头疼，这就是——别人怎么知道。我听说，现在侵略者也为此头疼，消息是怎么逃过审查机构传出去的？事情的真相怎么摆脱控制的？这是一大奥妙。"

屋里突然暗了下来，那女人抬头望了望，好像有些害怕。"这是云，"她说，"听说快下雪了，今年下得早。"温德大夫走到窗前，侧头看看天空说道："是，有一大片云；也许会飘过去的。"

奥顿市长拧开一盏灯，但这盏灯只投下一小圈光亮。他又关上，说道："白天点一盏灯显得孤零零的。"

这时莫莱又走近他。"亚历克斯不是杀人犯，"她说，"他性子急，但从没有犯过法。他受人尊重。"

奥顿把手放在她肩头上，说道："我打亚历克斯小时候起就了解他。我认识他父亲和他祖父。他祖父当年是猎熊的。你以前知道吗？"

莫莱没接这个茬。"你会判亚历克斯的刑吗？"

"不会，"他说，"我怎么能判他的刑？"

"人们说你为了维持秩序会判他的刑。"

奥顿市长站在一张椅子后面，用手抓住椅子背。"人民需要维持秩序吗，莫莱？"

"我不知道，"她说，"他们需要自由。"

"那么，他们知不知道怎样去争取自由？他们知不知道用什么方法去对付武装的敌人？"

"不，"莫莱说，"我想他们不知道。"

"莫莱，你是个聪明的姑娘。你知道吗？"

"不知道，市长，不过我想人们觉得如果他们顺从听话，他们就被打败了。他们要向这些士兵表明他们没有被打败。"

"他们没有打仗的机会，"温德大夫说，"在机关枪面前无仗可打。"

奥顿说："你知道他们打算怎么办的时候，愿意告诉我吗，莫莱？"

她怀疑地看看他。"好吧——"

"你是想说'不'。你不相信我。"

"可亚历克斯怎么办呢？"她问。

"我不会判他刑。他没有对我们的人民犯罪。"市长说。

这时莫莱犹豫了。她说："他们会——他们会杀掉亚历克斯吗？"

奥顿瞧着她说："亲爱的孩子，我亲爱的孩子。"

她挺直了身子。"谢谢你。"

奥顿走到她身边。她无力地说："你别碰我。请你别碰我。

请你别碰我。"他放下手来。她站住了，过了一会儿她骤然转身走出门去。

她刚关上门，约瑟夫进来。"对不起，市长，上校要见你。我说你正忙着。我知道她在这儿。夫人也要见你。"

奥顿说："叫夫人进来。"

约瑟夫走出去，夫人即刻进门。

"我不知道这房子怎么个弄法，"她开口说，"人多得装不下。安妮一天到晚生气。"

"嘘！"奥顿说。

夫人惊异地看着他。"我不知道——"

"嘘！"他说，"莎拉，我要你上亚历克斯·莫顿家里去。你明白吗？你去陪莫莱·莫顿，她需要你。你不用说话，陪着她就行。"

夫人说："我有这么多——"

"莎拉，我叫你去陪莫莱·莫顿。别叫她一个人待着。你去吧。"

她慢慢地理解过来。"好，"她说，"好，我去。什么时候回来？"

"我不知道，"他说，"到时候我会派安妮来叫你的。"

她轻轻地在他脸上吻了一下，走了出去。奥顿走到门前，叫道："约瑟夫，现在我接见上校。"

兰塞进来。他身穿一套新烫过的制服，腰带上别了一把装饰用的短剑。他说："早安，市长。我想同你随便谈谈。"他瞟了一眼温德大夫，"想同你单独谈谈。"

温德缓步朝门口走去，走到门前时只听奥顿叫了一声："大夫！"

温德转身问："怎么？"

"今天晚上你会来吗？"

"有事叫我办吗？"大夫问。

"不——没有。我就是不喜欢一个人待着。"

"我会来的。"大夫说。

"大夫，你看莫莱的样子没事吧？"

"噢，我看没事。神经有点紧张。不过她出身世家。出身世家，身体健壮。你知道，她是肯特莱家族的人。"

"我忘了，"奥顿说，"对了，她是肯特莱家族的人，对不对？"

温德大夫走出去，轻轻地把门带上。

兰塞很有礼貌地等着。他看着大夫把门关上，又看看桌子和桌子周围的椅子。"市长，对这件事，我不知道怎样表示我是多么遗憾。要是没有发生这件事就好了。"

奥顿市长向他欠了欠身，兰塞又说："我喜欢你，市长，也尊重你，但我负有责任。你肯定明白这一点。"

奥顿没有回答，而是直望着兰塞的眼睛。

"我们不能独立行动，一切也不是由我们作出判断。"

兰塞说这些话之间等着答话，但市长没有回答。

"我们要遵守规定，首都发布下来的规定。这个人杀了一名军官。"

奥顿终于回答："你们当时为什么不打死他呢？那不正是时候？"

兰塞摇摇头。"如果我同意你的办法，那就没有意义了。你我都明白，惩罚的目的在于消除潜在的罪犯。既然惩罚的意义不在被惩罚者而在他人，那么惩罚必须公之于世，甚至必须带点戏剧性。"他伸出一只手指轻轻弹了一下别在腰间的短剑。

奥顿转身看着窗外昏暗的天空，说："今天晚上要下雪了。"

"奥顿市长，你知道我们的命令是不允许改变的。我们要煤。如果你的人民不守秩序，我们只能用武力来维持秩序。"他的口气严厉，"我们必要时就得枪毙人。你想挽救你的人民，不叫他们受损害，就必须协助我们维持秩序。现在，我们的政府认为由当地政权来颁布惩罚令是明智的办法。这样做可以使局势稳定。"

奥顿轻声说："所以大家知道了。这真是奥妙。"接着他大声说，"你是想叫我在这里审判，判处亚历山大·莫顿的死刑？"

"对了，如果你愿意这样做，将来可以避免更多的流血事件。"

奥顿走到桌边，拉出座头一把大椅子坐下。他忽然之间成了法官，兰塞成了罪犯。他用手指头敲着桌子，说道："你和你们的政府都不理解。在全世界，只有你们的政府和人民几百年来是一个失败接着一个失败，而每次失败都是因为你们不理解人民。"他停了一下又说，"你这条原则用不上。第一我是市长。我没有权利判处谁死刑。在这个市镇，谁也没有权利判处谁死刑。如果我这么做了，我就像你一样违反法律。"

"违反法律？"兰塞问。

"你们进占的时候杀了六个人。根据我们的法律，你们所有的人都犯了罪。何必讲法律不法律这些废话呢，上校？你们和我们之间不存在法律问题。这是打仗。难道你不知道你们必要时会把我们都打死，或者是我们到时候会把你们都打死？这一点难道你不知道？"

兰塞说："我可以坐下吗？"

"这何必问呢？这又是一句谎言。只要你高兴，你可以叫我站起来。"

兰塞说："不，不管你信与不信，从我个人来讲，我确实尊重你和你的职司，"他用手摸了一会儿前额，"你看，市长，我是这样想的，我作为一个上了岁数、有一定记忆的人，是无足轻重的。我可以同意你的意见，但这不能改变现实状况。我所工作的那种军事、政治机构有一定的意向和行动，这是不能改变的。"

奥顿说："有史以来这种意向和行动没有一次不被证明是错误的。"

兰塞苦笑道："我个人，一个有某些记忆的人，可以同意你的意见，我甚至还可以补充：在这种军事思想和机构的意向之中，有一条是没有记取教训的能力，没有能力看到除杀人这件工作之外的东西。但我这个人不是全凭记忆办事的人。所以那个矿工必须公开枪决，因为这样一来，其他人就会收敛，不再杀我们的人。"

奥顿说："那我们没有必要再谈了。"

"不，我们必须谈。我们需要你协助。"

奥顿静静地坐了一会儿，然后说："我告诉你，我怎么打算。

你们用机枪打死我们士兵的有多少人？"

"我看不到二十个人。"兰塞说。

"很好。如果你把他们都枪毙了，我就给莫顿判刑。"

"你这不是开玩笑吧！"上校说。

"我是认真的。"

"这不可能。你也知道。"

"我知道，"奥顿说，"所以，你的要求也不可能做到。"

兰塞说："我想我是明白了。柯瑞尔非得当市长不可了。"他很快抬起头，"审判的时候你能在场吗？"

"行，我在场。这样亚历克斯就不会感到孤独。"

兰塞看着他，伤感地一笑。"我们都承担了一项工作，是不是？"

"是，"市长说，"一项世界上不可能做到的工作，唯一办不到的事情。"

"那是什么？"

"去永远摧残人的精神。"

奥顿头低向桌子，说话时也没有抬头。"下雪了。都等不到晚上。我喜欢白雪那种甜甜的清凉味道。"

第四章

十一点钟的时候下雪了，又大又软的雪片飘了下来。人们在纷飞的雪片中匆忙来去，雪堆积在各家门口，堆积在广场的钢像上，堆积在从煤矿到港口的路轨上。雪堆了起来，小运货车边刹着边滑行。市镇上空一片昏暗，比雪还厚；市镇上空阴沉沉的，是一股越来越增涨的仇恨。人们不在街上久待，而是进屋关门，但是帘子后面好像有许多眼睛在向外张望，一有穿军装的在街上走过，或者小分队在大街上巡逻，这些冷峻和阴沉的眼睛就盯着他们。商店里人们买点粮菜，要了东西付了钱就走，同卖货的人之间也没有一句寒暄的话。

小官邸的客厅里，灯都开着，灯光映照着窗外纷飞的白雪，法庭审判正在进行。兰塞坐在主位，亨特在他右首，下一个是汤陀，下首是洛夫特上尉，前面放了一小堆文件。对面，奥顿市长坐在上校左首，帕拉克尔坐在市长旁边——帕拉克尔正在一本簿子上写着。桌旁站着两名上刺刀、戴钢盔的卫兵，像两具小木偶。亚历克斯·莫顿站在他们中间，这个年轻人身材高大，前额低阔，眼眶深陷，鼻子长而尖。他的下颌长得结实，嘴巴厚实，宽肩膀，臀部狭小，手上戴着手铐，双手握了又放，放了又握。他身穿黑裤子，蓝衬衣，领子敞开着，外头套了一件穿得太久而发亮了的黑上衣。

洛夫特上尉正念着他面前的文件："'该犯违令，拒不返回工作，再次命令他返回时，竟用随身携带的尖头锄向洛夫特上尉击去。彭蒂克上尉挺身干涉——'"

奥顿市长咳嗽了一下。洛夫特略停时，市长说："坐下，亚历克斯。你们哪个卫兵给他拿一把椅子。"卫兵转身，不加思考地拖出一把椅子。

洛夫特说："罪犯应当站着受审。"

"让他坐下，"奥顿说，"只有我们知道。你可以在报告里写他是站着的。"

洛夫特说："我们不应当伪造报告。"

奥顿又说一遍："坐下，亚历克斯。"

高大的年轻人坐下，他那双手戴着手铐，放在膝上不知如何是好。

洛夫特说："这违反所有的——"

上校说："让他坐吧。"

洛夫特清了清嗓子继续念："'彭蒂克上尉挺身干涉时头部被击中，脑壳顿时破裂。'附有法医报告一份。这要我念吗？"

"不必念了，"兰塞说，"你越简短越好。"

"'以上事实为我军数名兵士所目睹，见目击者证词。本法庭认为该犯犯有杀人罪，当判处死刑。'还要我念兵士的证词吗？"

兰塞叹息了一声说"不用"，又转向亚历克斯。"你不否认你杀了上尉，对吗？"

亚历克斯凄然笑道："我打了他，可不知道把他打死了。"

奥顿说："打得好，亚历克斯！"两人像朋友似的互相一望。

洛夫特说："你的意思是不是说他是被别人打死的？"

"我不知道，"亚历克斯说，"我只知道我打了他，接着又有人打了我。"

兰塞上校说："你还有什么解释吗？我想你的任何解释都改

变不了死刑，但是我们还是要听一听。"

洛夫特说："我郑重其事地提出，上校不应该问这个问题。这说明法庭不是公正的。"

奥顿干笑了一下。上校看了他一眼，微微一笑。"你还有什么说的吗？"上校再问一遍。

亚历克斯举起一只手，想做什么姿势，可另一只手也跟着抬了起来。他觉得不自在，又把双手放回膝上。"我当时气极了，"他说，"我的脾气很不好。他说我必须干活。我是自由的人。我气极了，上去打他。打得很重。我打错了人。"他指着洛夫特。"我要打的是那个人。"

兰塞说："你想打谁这个问题不大。谁轮着结果都是一样。你犯了罪，感不感到后悔？"他侧到桌子一边说，"如果他后悔，记录上就好看一点。"

"后悔？"亚历克斯问，"我不后悔。他叫我回去干活，叫我这个自由人去干活！我过去是镇上的议员，他居然命令我去干活。"

"那么，即使判处死刑，你也不后悔？"

亚历克斯低下头，认认真真地考虑了一下。"不，"他说，"你是说，我会不会再犯？"

"我就是这个意思。"

"不，"亚历克斯边想边说，"我想我不后悔。"

兰塞对亚历克斯说："记录上写上罪犯万分悔恨。判死刑是必然的。你明白吗？法庭没有选择余地。法庭认为你有罪，判处你枪决，立即执行。我看不必再折磨你了。洛夫特上尉，还有什么事情我忘了的？"

"你忘了我。"奥顿说。他站起身来，将椅子往后一推，走到亚历克斯身边。亚历克斯习惯成自然，尊敬地站起来。"亚历山大，我是大家选出来的市长。"

"我知道，先生。"

"亚历克斯，这些人是侵略者。他们用欺诈和武力手段出其不意地占领了我们的国家。"

洛夫特上尉说："上校，不应该允许他这么说。"

兰塞说："嘘！还是听听好，难道你喜欢他们背地议论？"

奥顿继续说下去，好像不曾被打断似的。"他们进占的时候，人民思想混乱，我也混乱。我们当时不知道该怎么办，怎么想。你的行动是头一个明确的行动。你个人的气愤是大众气愤的发端。我知道镇上有人说我同这些人合作。我可以向全镇的人表明，但你——你将要死去。我要你知道。"

亚历克斯低下头，接着抬起来。"我知道，先生。"

兰塞说："执行班准备好了没有？"

"正在外边等着，长官。"

"谁带班？"

"汤陀中尉，长官。"

汤陀抬起头，一副坚决的样子，屏住气。

奥顿温和地说："你害怕吗，亚历克斯？"

亚历克斯说："害怕，先生。"

"我不能叫你别怕。我到时候也会害怕，这些年轻的——战神也一样害怕。"

兰塞说："传执行班。"汤陀唰的一下站起来，走到门前。"他们在，长官。"他打开门，大家看到戴钢盔的士兵。

奥顿说："亚历克斯，去吧，你知道这些人不得安宁，永远不得安宁，除非他们走了或者死了。你会使人民团结得像一个人。对你个人来说，这是惨痛的，是微小而又微小的补偿，但事实如此。他们永远不得安宁。"

亚历克斯紧紧地闭上眼。奥顿欠近身去，吻一吻他的脸颊。"别了，亚历克斯。"他说。

卫兵抓住他的胳膊，年轻人闭紧眼睛，他们押着他走出门去。执行班向后转，只听得他们的脚步声走出房子，进入雪地，雪淹没了他们的声音。

坐在桌子边上的人默不作声。奥顿向窗户望去，只见有人很快地在窗户玻璃上擦去积雪，擦出一个小圆圈。他望着，看得入迷，接着很快别过头来，对上校说："我希望你明白你们干的什么事。"

洛夫特上尉收起文件。兰塞问："在广场上执行，上尉？"

"是，在广场上。必须当众执行，"洛夫特说。

奥顿说："我希望你明白。"

"听着，"上校说，"你不用管我们明白不明白，这件事非做不可。"

屋里顿时静了下来，每个人都等着、听着。不久，远处传来一声枪响。兰塞深深叹了一口气。奥顿把手放在前额，深深吸了一口气，外边一声叫喊。窗户玻璃破了，玻璃片向里飞溅，帕拉克尔中尉转了一下身子，用手摸着肩头，看着它。

兰塞跳了起来，喊道："好，开始了！伤得厉害吗？中尉？"

"我的肩。"帕拉克尔说。

兰塞开始指挥。"洛夫特上尉，雪地上还有脚印。现在，我命令你挨家挨户去搜查武器。有武器的，押起来。你，先生，"他对市长说，"从现在开始，处于我们的监护下。请明白这一点：你们杀我们一个，我们杀你们五个、十个、一百个！"

奥顿平静地说道："一个有某些记忆的人。"

兰塞中断了他的命令。他回过头来慢慢地望着市长，顷刻之间他们互相了解了对方的意思，但接着兰塞挺起肩膀，尖声说道："我是一个没有记忆的人！"又说："我命令把镇上的武器统统收上来。谁抗拒，关押谁。赶快行动，脚印还在。"

这帮人各自找到自己的钢盔，解下手枪，出发了。奥顿走到窗前，凄然地说了一句："白雪甜甜的清凉味道。"

第五章

日子一天天过去，一个星期又一个星期，一个月又一个月。雪下了化，化了又下，最后冻成了冰。小镇灰暗的建筑物都戴上了白色的铃、白色的帽子，加上白眉毛，家家门口扫出的通道像是战壕。港口装煤的船空着进来，满着驶走，但是煤从地底下挖出来并不容易。好矿工也有失误的时候。他们举手举脚，行动迟缓。机器坏了，花了好长时间才修好。国土沦丧的人民默默地、耐心地等待复仇的机会。出卖过国家的人、帮过入侵者忙的人——其中许多人以为他们这是为了国家，为了一种理想的生活方式——发现他们所取得的控制是不稳定的，发现他们从前认识的人现在冷眼相对，从不同他们说话。

空中游荡着一股死气，在等待着什么。铁路时常出事，这条铁路沿山伸去，将小镇与全国各地联系起来。大雪块纷纷崩在铁路上，造成路轨分裂。不先检查铁轨无法通车。为了报复，不少人被枪决，但情况并没有改变。一伙又一伙青年时常逃往英国。英国飞机轰炸煤矿，煤矿受到破坏，敌我双方也都死了人。这也没有什么效果。冷冷的仇恨随着冬天与日俱增，这是那种缄默、阴沉、等待着的仇恨。食物供应受到限制——只给顺从的，不给不顺从的——于是全体人民顺从，但这是阴冷的顺从。透过表面，看得见人民眼里深刻的仇恨。

现在被包围的倒是那些征服者本身，团部军人处身于静默的敌人中间，一刻也不能放松警惕。万一他放松了，他就不见了，尸体被埋在雪堆里。如果谁独自一人去找女人，他就会失踪，尸体被埋在雪堆里。团部的人只能在一起唱歌，一起跳舞，后来舞也不跳了，唱的是想家的歌。他们谈的是喜爱他们的朋友和亲戚，他们渴望的是温暖与爱情。一个人当一天兵只能当几个小时，一年只能当几个月，其余的时间他要做一个男人，他需要女朋友，需要喝酒，需要听音乐，需要欢笑和安逸，这些东西一断绝，他们越发渴望，无法自制。

这些人老在想家。团部的人开始讨厌他们所占领的地方，对老百姓的态度很简慢，老百姓对他们也很简慢。征服者中间渐渐产生一种永远克服不了的恐惧，怕他们永远不得安宁，永远回不了家，怕他们总有一天会垮台，像兔子一样让人满山遍野追着逃跑，因为被占领的人无法消除他们的仇恨。巡逻兵见到亮光，听到笑声，为之吸引，也想去找乐子，但等他们凑近去，笑声中止了，温暖的气氛消失了，人民变得顺从而又阴冷。士兵闻到小饭馆烧菜的香味，进去叫了热菜热饭，可是发现不是太咸，便是胡椒放得太多。

士兵们读到国内的消息，其他被征服国家的消息，这些消息永远是好的，他们信了一阵子，不久之后他们不再相信了。人人心怀恐惧："国内就是崩溃了，他们也不会告诉我们，等我们知道又太晚了。这里的人饶不过我们。他们会把我们都杀了。"他们想起他们的军队撤退时经过比利时和撤出苏联时的情景。有学问的人还记得撤出莫斯科时疯狂的惨状，当时每个农民的耙叉上都沾有血迹，尸体烂在雪地里。

他们知道当他们垮台、放松或者睡得太久的时候，他们也会碰到同样的遭遇，他们晚上睡不好觉，白天心神不定。他们提出的问题，军官答不上来，因为军官不知道。军官也没有得到通知。国内发来的通报，他们也不相信。

这些征服者就这样害怕起被征服者来了，他们神经脆弱，晚上见了黑影就放枪。阴冷的缄默老是跟随着他们。一个星期疯了三个士兵，整天整晚哭哭闹闹，最后只能把他们送回国去。要不是被送遣回国的疯士兵最后被处以仁慈死刑，其他人早就疯了，因为仁慈死刑这种死法想起来就叫人害怕。恐惧爬上营房里士兵们的心头，恐惧爬上巡逻兵的心头，使他们变得残酷起来。

过了年，夜更长了。下午三点天就擦黑，要到第二天早晨九点才亮。愉快的灯光照不到雪地上，因为军令规定，为防止轰炸，窗户不得透出亮光。然而等英国飞机走了之后，煤矿附近总是亮起几盏灯。有时候哨兵开枪打提灯的人，有一次打了一个手拿电筒的姑娘。这没有效果，枪杀解决不了任何问题。

军官的情绪是士兵情绪的反映，他们能克制是因为他们训练完备，他们办法多是因为他们责任重，但恐惧同样存在，只是藏得更深，种种渴望在心头锁得更紧。他们受到双重的神经压迫，被征服的人民两眼看着他们的闪失，自己人注视着他们软弱之处，所以他们的神经紧张到了破裂的边缘。征服者处于可怕的精神包围之中，不论征服别人的还是被征服的，人人心里都明白，一旦崩溃将是怎样的后果。

市长官邸的楼上房间里，舒适的气氛已经消失。窗户上紧紧地贴着黑纸，屋里四周都是一小堆一小堆宝贵的军械，这些东西不可忽视，例如望远镜、防毒面具和头盔。纪律倒是松了一些，好像军官们明白有些地方必须放松，免得机器垮台。桌上放着两盏煤油灯，发出强烈的光芒，把巨大的阴影投在墙上，它们嘘嘘的声音成了屋里的暗流。

亨特少校还在干他的工作。他的制图板现在永远支着，因为他建造得多快，炸弹也几乎光顾得多快。他倒并不难过，对亨特少校来说，建造就是生命，而他在这里建造的任务超过他所能设计或完成的能力。他坐在制图板前，身后点了一盏灯，丁字尺上下移动，手里的笔忙个不停。

帕拉克尔中尉的胳膊还吊着绷带，他正坐在中间桌子边的一把椅子上看画报。汤陀中尉坐在他对面写信。他把笔捏得很高，偶尔抬起头来望望天花板，为他的信找词儿。

帕拉克尔翻过一页画报说："我闭着眼睛也能看得见这条街上的每一家店铺。"亨特干他的工作，汤陀写了几个字。帕拉克尔继续说："就在这后面有一家饭馆。你看这画报上有，叫勃顿斯。"

亨特没有抬头，应声说道："我知道那个地方，海扇做得挺好。"

"做得好，"帕拉克尔说，"那家店什么都做得好。没有一样菜不好。他们的咖啡——"

汤陀抬起头来说："现在没有咖啡了，也不做海扇了。"

"嗯，那个我不知道，"帕拉克尔说，"他们以前做得好，以后也不会坏。那儿还有一个女招待。"他用那只没受伤的手描绘她的身材，"金黄色头发。"他低头看杂志，"她的眼睛最奇怪——我是说——老是水汪汪的，好像刚刚笑完或者刚刚哭过。"他望望天花板，轻柔地说："我同她出去玩过，很可爱。不知道我后来为什么不经常去，也不知道她现在还在不在那儿。"

汤陀忧郁地说："怕不在了吧。也许在厂里干活。"

帕拉克尔笑着说："我希望国内对姑娘们不实行定量供应。"

"为什么不呢?"汤陀说。

帕拉克尔开玩笑说："你不大关心的事,对不? 不大关心,你不关心!"

汤陀说："我只把姑娘当做姑娘来喜欢,不让她们爬进我其他的生活。"

帕拉克尔揶揄说："我看她们好像整天爬满了你的生活。"

汤陀不想谈这个问题。他说："我讨厌这些该死的煤油灯。少校,你什么时候才能把发电机修好?"

亨特少校慢慢地抬起头来说："现在该修好了。我找了几个老实人在修。以后我想加双岗保卫。"

"你抓住那个破坏发电机的人了吗?"帕拉克尔问。

亨特冷酷地说："五个人里面总有一个。我把这五个人都抓起来了。"他边想边说,"如果你懂电,破坏一台发电机可容易了。一短路,它就坏。"他说,"电灯现在该亮了。"

帕拉克尔还在看他的杂志。"我不知道我们什么时候才能解脱,什么时候才能回国住一段时间。少校,你想回家休息一下吗?"

亨特停止工作,抬头一望,脸上掠过一丝失望的情绪。"当然想啰。"他恢复了常态,"这条支线我建了四次。我不明白炸弹为什么老炸这条线。我真讨厌这段路轨了。每次都得改变线路,就是因为那些弹坑,没有时间去填。土冻得太硬了,工作量太大。"

电灯突然亮了，汤陀马上伸出手来拧掉两盏油灯。"嘘嘘"的声音从房间消失了。

汤陀说："感谢上帝！这嘘呀嘘的，听得我难受。让人觉得好像有人在屋里说悄悄话似的。"他折起正在写的信说，"奇怪，来的信不多。这两个星期我只收到过一封信。"

帕拉克尔说："也许没有人给你写信。"

"也许是吧，"汤陀说，他对着少校，"如果有什么事——我是说国内——你说他们会让我们知道吗——我是说有什么不好的事情，像死了什么人或者类似的事情？"

亨特说："我不知道。"

"啊，"汤陀继续说，"我真想跳出这个破地方！"

帕拉克尔插话。"我原来以为，你不是战后想在这里定居吗？"他学着汤陀的腔调说，"把四五个农庄合并在一起，真是个好地方，住家最适合。是不是这么说的？当一个山谷里的小君主，是这么说的吧？这里的人好，快快乐乐的，美丽的草坪，小鹿啊，小孩啊。你是这么说的吧，汤陀？"

帕拉克尔说的时候，汤陀的手放了下来。他双手捧住脑袋，激动地说："安静点！别这么说话！这些人！这些可怕的人！冷冰冰的人！他们看都不看你一眼。"他打了个哆嗦，"他们从来不说话。你问他们话，他们像死人一样。这些人，你说什么他们干什么，可怕。那些姑娘像冰冻过似的！"

有人轻轻敲门，约瑟夫进来，拎了一斗煤。他悄悄地穿过，轻手轻脚放下煤斗，不出一点儿声响，也不向谁望一眼，转身朝门口走去。帕拉克尔大声叫："约瑟夫！"约瑟夫转过身来，既不回答也不抬头，只微微欠了欠身子。帕拉克尔仍大声喊："有没有酒或者白兰地？"约瑟夫摇摇头。

汤陀从桌边跳起来，一脸怒气，大声叫喊："回答，你这只猪猡！你说话！"

约瑟夫没有抬头。他的回答没有声调。"没有，长官。没有，长官，没有酒。"

汤陀火冒三丈。"也没有白兰地？"

约瑟夫低下头，又毫无声调地说："没有白兰地，长官。"他一动不动地站着。

"你要干什么？"汤陀问。

"我想走，长官。"

"那就滚，他妈的。"

约瑟夫转身，悄没声儿地走出屋去，汤陀从口袋里拿出一条手绢擦脸。亨特抬头望着他说："你不应该这么轻易地被他打败。"

汤陀在椅子上坐下，双手捧着头，断断续续地说："我要姑娘。我要回家。我要姑娘。这镇上有一位姑娘，挺漂亮。我老看见她。金黄色头发，住在一家破旧的铁匠铺子旁边。我就要那个姑娘。"

帕拉克尔说："注意。注意你的神经。"

这时灯又灭了，屋里漆黑。有人在擦火柴，把油灯点亮。亨特说："我以为我把他们都抓了。一定漏掉了一个。我可不能老跑到那里去。我那里用的是老实人啊。"

汤陀点亮第一盏灯，接着点亮另一盏。亨特严厉地对他说："中尉，如果要讲话，你就同我们讲。不要让敌人听见你刚才说的那样的话。这些人最喜欢看到你神经脆弱。不能让敌人听到你说那样的话。"

汤陀又坐下。强烈的灯光照在他脸上，屋里又发出嘘嘘的声音。他说："就是这样！处处是敌人！男的，女的，甚至孩子，统统都是敌人！他们的脸在门口张望。白色的脸躲在帘子后头听着。我们已经把他们打败了，我们处处取得了胜利，他们等待着，服从我们，但是他们等待着。半个世界是我们的。别的地方也是这样吗，少校？"

亨特说："我不知道。"

"就是这样，"汤陀说，"我们不知道。通报呢——说一切顺利。被征服的国家欢迎我们的士兵，欢迎新秩序。"他的声调变了，变得越来越轻柔，"通报是怎么说我们的？不是说我们受人欢迎，为人爱戴，鲜花铺路吗？啊，这些可怕的人在雪地里等着呢！"

亨特说："你都说出来了，现在心里好过一点了吧？"

帕拉克尔一直用那只好手轻轻地敲着桌子，他这时说："他不该那样说。他应该把话藏在心里。他是个军人，对不对？军人就该像个军人。"

门轻轻地开了，洛夫特上尉走进来，头盔上、肩上全是雪。

他的鼻子尖削发红，大衣领子翻上来，盖住耳朵。他取下头盔，雪掉在地上，他又拭了拭肩头说道："这叫什么工作！"

"又出什么事了？"亨特问。

"出不完的事。我看他们又破坏了你的发电机。嗯，我以为我暂时把煤矿弄好了。"

"现在出什么事了？"亨特问。

"唉，还是那些老问题——消极怠工，破坏车辆。不过，我看见了那个搞破坏的人，我打了他一枪。我想我现在有好办法了，少校，才想起来的。我要给每个矿工的挖煤定量。我不能叫他们饿肚皮，不然他们干不了活，不过我真找到答案了：如果不出煤，家属就不供应食物。我们叫工人在矿上吃饭，他们就不能分给家里了。这办法准有效。他们得干，不干孩子吃不上饭。我刚才就这么跟他们说的。"

"他们说什么了？"

洛夫特凶狠地眯起眼睛。"说什么？他们什么时候说过话？没说什么！一声不吭！不过，我们可以看看现在煤出得来出不来。"他脱掉外衣，抖了一抖，这时他两眼望着门口，见门开了一条缝。他轻轻走过去，很快地打开门，又关上。"我记得我进来之后把门关紧的。"他说。

"你是关紧的。"亨特说。

帕拉克尔仍在翻阅他的画报。他的声调恢复正常了。"我们在东线就用这种大炮。我从来没见过。你见过吗，上尉？"

"见过，"洛夫特上尉说，"我见它们放过，真不错。没有什么武器挡得住它们。"

汤陀说："上尉，国内消息你知道得多吗？"

"有一点。"洛夫特说。

"各方面都好吗？"

"好极了！"洛夫特说，"我军到处挺进。"

"英国人打败了没有？"

"他们打一仗败一仗。"

"可是他们还在打？"

"来点空袭，没有别的。"

"苏联人呢？"

"全完了。"

汤陀追着问："可是他们还在打？"

"一点小仗，没有别的。"

"那么我们都快打胜了，是不是，上尉？"汤陀问。

"对了，快打胜了。"

汤陀紧紧盯着他说："你相信吗，上尉，你信不信？"

帕拉克尔插进来："别让他起这个头！"

洛夫特皱着眉头望着汤陀。"我不知道你什么意思。"

汤陀说："我的意思是，我们不用多久就可以回家了。是不是？"

"这个，重新组织要花点时间，"亨特说，"新秩序不可能在一天之内建立起来，你说呢？"

汤陀说："要建我们一辈子，说不定吧？"

帕拉克尔说:"别让他再起头!"

洛夫特走到汤陀身边说:"中尉,我不喜欢你提问题的这种腔调。我不喜欢怀疑的腔调。"

亨特抬起头来说:"别对他太严了,洛夫特。他是累了。我们都累了。"

"我也累,"洛夫特说,"但是我不能产生叛国情绪。"

亨特说:"跟你说,别弄他了!上校在什么地方,知道吗?"

"他在打报告,请求增援,"洛夫特说,"这里的工作量比我们原来估计的大得多。"

帕拉克尔激动地问:"他能得到——增援吗?"

"我怎么知道?"

汤陀微笑。"增援!"他轻声说,"说不定是换防。说不定我们可以回国待一阵子。"他笑着说,"说不定我可以在街上走走,人们见了我会说句'你好',他们会说'瞧那个军人',他们为我高兴,他们自己也高兴。周围都是朋友,我转过身去,不同人说话,也不用害怕。"

帕拉克尔说:"别再说了!不要让他再说了!"

洛夫特厌恶地说:"我们没有人发疯就已经够麻烦的了。"

可是汤陀继续问:"你真以为会换防吗,上尉?"

"我没有这么说。"

"可你说有可能。"

"我说我不知道。你看,中尉,我们已经征服了半个世界。我们必须管治一段时间。这你明白。"

"另外那一半呢？"汤陀问。

"他们还要垂死挣扎一段时间。"洛夫特说。

"那么我们非得全撤出去了。"

"要一段时间。"洛夫特说。

帕拉克尔不安地说："希望你别让他说了。你让他闭嘴。叫他闭嘴。"

汤陀掏出手绢，擤擤鼻子，说起话来像发神经病似的。他不好意思地笑着说："我做了一个很有意思的梦。我想是一个梦。也许是一个想法。不是想法便是梦。"

帕拉克尔说："上尉，别让他说下去！"

汤陀问："上尉，这个地方是被征服了的吧？"

"当然是。"洛夫特说。

汤陀发出歇斯底里的笑声。他说："征服了，可我们却害怕；征服了，可我们却被包围。"他笑得更尖利了，"我做了一个梦——或者有一个想法——外头雪地里，门口有黑影，有几张脸在张望，帘子后面藏着冷酷的脸。我有这个想法或者是在做梦。"

帕拉克尔说："不要让他说下去！"

汤陀说："我梦见领袖疯了。"

洛夫特和亨特都笑了起来。洛夫特说："敌人已经发现他疯成什么样子。我要写一篇文章回去。报纸会登出来的，敌人已经知道领袖疯成什么样子。"

汤陀继续大笑。"征服了又征服，可我们反倒在糖浆里越陷越深。"他笑得喘不过气来，捂着手帕咳嗽，"领袖说不定是疯了。苍蝇征服了苍蝇拍！苍蝇夺取了两百英里的新苍蝇拍。"现在他的笑声更加歇斯底里了。

帕拉克尔探过身子去，用那只好手摇汤陀的肩膀。"不许说！不许说！你没权利说！"

洛夫特渐渐明白过来，这是歇斯底里的笑声，他走近汤陀，打了他一个耳光。他说："中尉，不许笑！"

汤陀继续笑，洛夫特又给了他一个耳光，说："不许笑，中尉！你听见了吗？"

汤陀突然中止了笑声，屋里安安静静，只有油灯发出嘘嘘声。汤陀惊异地看着自己的手，用手摸了摸他那打肿了的脸，又看看自己的手，头朝桌子垂下去。他说："我要回家。"

第六章

离市镇广场不远处有一条小街，街上尖顶的小屋和小商店混杂在一起。人行道上和街上，雪都被踩硬了，但在篱笆上面雪堆得高高的，屋顶上的雪却是松软的。雪飘落在小房子紧闭的窗户上。通向院子的小路上，雪铲掉了。天又黑又冷，窗户不透一点光亮，怕炸弹来炸。没有人在街上走路，戒严令执行严格。雪地里的房子成了一堆堆昏暗的东西。每隔一会儿，六人一队的巡逻兵就从街上走来，每人手里拿着一只长电筒，四处张望。他们轻起轻落的脚步声在街上响着，靴子踩在积雪上发出吱吱嘎嘎的声音。他们穿着厚厚的大衣，头盔下还戴着针织帽，帽子垂到耳边，把两颊和嘴巴都遮住了。天上飘着小雪，像米粒大小的小雪。

巡逻队边巡逻边说话，他们说的是他们渴望的东西——肉啦，热汤啦，厚奶油啦，等等，还谈漂亮的姑娘和她们的声音笑貌。他们谈论这些东西时还抱怨现在所做的事情和他们的孤独。

在铁匠铺旁边有一所尖屋顶的小房子，形状同其他房子一样，头上也戴着白雪帽子。紧闭的窗户不透一点光亮，大门关得紧紧的。但在房子里面，小客厅点着一盏灯，通卧室的门开着，通厨房的门也开着。靠后墙边有一只铁炉子，里面正烧着一小团煤火。这间屋子虽简陋，却是温暖舒适，地上铺着旧地毯，暖黄色的墙纸。上面画的是老式的鸢尾毛金色图案。后面墙上挂着两幅画，一幅画的是一盘羊齿草，上面躺着一条死鱼，另一幅是松鸡死了，躺在一根枞树的树枝上。右边墙上也有一幅画，是基督在海浪上走去，去拯救快要淹死的渔民。屋里有两把椅子，一张睡榻上铺着色彩鲜艳的床单。屋子中间一张小圆桌子上面有一盏油灯，罩着圆的花灯罩，房间的光线温暖柔和。

炉子旁边的门通向过道，过道尽头是大门。

莫莱·莫顿独自一人坐在靠桌子的一把有垫子的摇椅里。她正在拆一件旧毛衣，把毛线绕在线团上。她那只线团已经不小了。靠她手边的桌上是她正在打的毛衣，针还插在上面，还有一把大剪子。她的眼镜放在旁边，打毛衣不需要戴眼镜。她年轻、漂亮、整洁，金黄色的头发挽在头顶，用蓝丝带打了一个结。她两手飞快地绕着毛线，一边绕一边不时地看一眼通往过道的门。风在烟囱里轻声作响，但还是一个安静的夜晚，白雪掩盖了种种声息。

突然她不绕了，双手停住。她望着门静听。巡逻队的脚步声从街上传来，还有他们隐隐约约的说话声。声音渐渐远去。莫莱拆出一条新线绕在线团上。不久她又停下来。门口有窸窸窣窣的响声，接着传来三下短促的敲门声。莫莱放下手里的活儿，走到门口。

"谁？"她问。

她开了锁，把门打开，一个穿得厚厚实实的人走了进来。是厨师安妮，她的眼睛发红，身上裹了一件又一件。她很快地闪了进去，好像对闪进门户、紧接着关门那一套训练有素。她站在屋里，红鼻子不断地吸气，朝四周很快地扫了一圈。

莫莱说："晚上好，安妮。我没想到你今天晚上来。把衣服脱了暖和暖和，外头冷。"

安妮说："这些大兵来了，冬天也早了。我爸爸过去总是说，一打仗天气就变坏，还是天气一坏就打仗。我记不得是哪个了。"

"脱掉衣服到炉子这儿来。"

"不行，"安妮很紧要地说，"他们就要来了。"

"谁就要来了？"莫莱问。

"市长，"安妮说，"医生，还有安徒斯家两个孩子。"

"到这儿来？"莫莱问，"干吗？"

安妮伸出手，手里有一个小包。"你拿着，"她说，"我从上校盘子里偷来的。是肉。"

莫莱从包里拿起一小块肉饼，放在嘴里，边嚼边问："你吃过了吗？"

安妮说："不都是我做的菜吗？我总有的吃。"

"他们什么时间来？"

安妮的鼻子抽搐了一下。"安徒斯家的孩子要上英国去。他们非去不可。他们现在躲在别处呢。"

"是吗？"莫莱问道，"因为什么？"

"就因为他哥哥杰克，他破坏了那辆小车，今天给枪毙了。那些大兵正在搜查他家里人。你知道他们是怎么干的。"

"是的，"莫莱说，"我知道他们是怎么干的。安妮，你坐下。"

"没工夫了，"安妮说，"我得赶回去告诉市长这儿行。"

莫莱问："有人见你来吗？"

安妮自傲地笑着。"没有人，我躲躲藏藏的本事大着呢。"

"市长怎么出得来呢？"

安妮笑着说："约瑟夫装成市长躺在床上，怕他们进来查看，他就穿了市长的睡衣，躺在夫人身边！"她又笑了起来，"约瑟夫得不声不响地躺着。"

莫莱说："这种天气晚上偷渡够呛。"

"那也比被枪毙强。"

"是啊，那当然。市长到这里来干什么？"

"我不知道。是有话同安徒斯兄弟说吧。我得走了，我是来通知你的。"

莫莱问:"他们多久来啊?"

"可能半小时之后,也可能三刻钟,"安妮说,"我会先来的。没人会注意老厨子的。"她朝门口走去,半途又转过身来,好像刚才自己说自己的话都怪莫莱似的,狠狠地说:"我还没这么老呢!"她闪出门去,随手关上门。

莫莱打了一会儿毛衣,站起来,走到炉子跟前打开炉盖。炉火照亮她的脸。她通了一下火,加了几块煤,盖上炉盖。还没等她走回椅子边,外头有人敲门。她穿过屋子自言自语地说:"是不是她忘了什么东西。"她走上过道,问:"你要什么?"

回答她的是一个男人的声音。她打开门,传来一个男人的声音:"我没有什么恶意,没有什么恶意。"

莫莱回到屋里,汤陀中尉跟着进来。莫莱问:"你是什么人?你想干什么?你不能进来。你想干什么?"

汤陀中尉身穿灰大衣。他进屋之后脱掉头盔,请求说:"我没有恶意,请你让我进来吧。"

莫莱说:"你想干什么?"

她关上他身后的门。他说:"小姐,没有什么,我只想说说话。我想听你说话,我只要求这个。"

"你这是强迫我吗?"莫莱问。

"不,小姐,就让我待一会儿,我就走。"

"你想干什么呢?"

汤陀想说清楚:"你明不明白——你信不信?就这么一会儿,

我们就不能忘掉打仗这档子事吗？就一会儿。就这么一会儿，我们不能像普通人一样聊聊天，一起聊聊天吗？"

莫莱注视他好长一会儿，接着有了笑脸。"你不知道我是谁，对吗？"

汤陀说："我在镇上见过你。我知道你可爱，想跟你聊聊。"

莫莱还是笑着，轻声说："你不知道我是谁。"她坐在椅子上，汤陀像个傻孩子似的站在一边。莫莱平心静气地往下说："这么说，你觉得孤独。是这么简单吗？"

汤陀舐了舐嘴唇，急切地说："就这么简单。你明白，我早知道你明白，知道你一定明白。"他的话像滚出来似的，"我孤独极了，孤独得快病了。这地方没有声响，只有怨恨，我觉得寂寞。"他恳求道，"我们不能说说话吗，就说一会儿？"

莫莱拿起毛线活儿。她很快地朝前面的门扫了一眼。"你不能超过十五分钟。坐下吧，中尉。"

她又望了一下门。房子吱嘎作响。汤陀紧张起来，说："这儿还有人？"

"没有人，屋顶的雪积得太厚了。我没有男人了，扫不下来。"

汤陀温和地说："谁干的？是不是我们干的？"

莫莱点点头，望着远处。"是的。"

他坐下说："真对不起。"过一会儿，他说："我希望我能帮点忙。我去把雪扫下来。"

"不要，"莫莱说，"不要。"

"为什么呢？"

"因为人家会以为我入了你们的伙。他们会把我清除掉的。我不想被人清除。"

汤陀说："是的，我明白怎么回事。你们都恨我们。不过，如果你愿意的话，我是会照顾你的。"

现在莫莱明白她有了控制权，她两眼一眯，露出一点残忍的神情说："你何必问呢？你们是征服者。你们的人不必问。你们要什么，拿就是了。"

"我要的不是这个，"汤陀说，"我不喜欢用这种办法。"

莫莱笑了起来，残忍之意未尽。"你是要我喜欢你，是不是，中尉？"

他坦率地说："是的。"他抬起头说，"你长得这么漂亮，这么惹人喜欢。你的头发这么好看。啊，我已经很长时间没见女人脸上的温情了！"

"你看我脸上有温情吗？"她问。

他仔细地看着她。"我想看到。"

她终于垂下目光。"你是在跟我谈爱情，是不是，中尉？"

他笨拙地说："我要你喜欢我。当然我要你喜欢我。我当然想从你眼睛里看出这一点。我在街上见过你。我看你在路上走过。我命令下面那些人不许对你无礼。没有人调戏过你吧？"

莫莱平静地说："谢谢你。没有，没有人调戏过我。"

他继续往下说："我还为你写了一首诗。你想看看我的诗吗？"

她嘲讽地说："是长诗吗？你马上得走了。"

他说："不，一首短诗。很短的一段。"他伸进上衣，摸出一张折起来的纸，递给她。她凑近灯光，戴上眼镜，默默地念道：

你的眼睛像蓝色的天空

笼罩着我，不愿离去；

我的思绪像蓝色的海洋

冲荡着我，漫上我心头。

她折起纸，放在膝上。"这诗是你写的吗，中尉？"

"是我写的。"

她带点嘲弄的意味说："写给我的？"

汤陀不安地回答："是的。"

她定神瞧着他，笑着说："不是你写的，中尉，不是吧？"

他也笑了，像撒谎的孩子被人揭穿似的。"不是我写的。"

莫莱问他："你知道是谁写的吗？"

汤陀说："知道，海涅写的。这是《蓝色的眼睛》。我一直喜欢这首诗。"他不好意思地笑了起来，莫莱跟着笑，突然两人一起哈哈大笑。突然他不笑了，眼睛里露出凄然之情。"我从来没有像现在这么笑过。"他说，"他们告诉我们，人民会欢迎我们的，会钦佩我们的。可是他们没有欢迎我们，没有钦佩我们。他们只有恨我们。"他怕时间不够似的，迅速换了话题。"你这么漂亮，笑声也是这么漂亮。"

莫莱说："你又开始同我谈爱情了，中尉。你一会儿必须走。"

汤陀说："也许我要同你谈爱情。男人需要爱情。男人没有爱情就得死去。他的内心萎缩，胸中感到像干木屑那样的枯燥。我真孤独啊。"

莫莱从椅子上站起来。她紧张地望着门口，走到炉子边，转身过来的时候表情坚毅，神色严厉。"你是想同我上床睡觉吗，中尉？"

"我没有这样说！你怎么这么说？"

莫莱冷酷地说："说不定我叫你讨厌。我结过婚。我丈夫死了。你看，我不是处女。"她的语调锐利。

汤陀说："我只求你喜欢我。"

莫莱说："我知道。你是一个有文化的人。你知道两厢情愿谈爱情才更加充实，更加完美和愉快。"

汤陀说："别那样说话！请你别那样说话！"

莫莱朝门口飞了一眼，说："我们是被征服的人，中尉。你们把食物拿走了。我饿。如果你管我吃饱，我就更喜欢你了。"

汤陀说："你说什么？"

"我让你讨厌了吗，中尉？也许我就是叫你讨厌。我的价钱是两条香肠。"

汤陀说："你不能这样说话！"

"上次战争结束之后，你们自己的姑娘怎么样？一个男人只要用一只鸡蛋或者一片面包就能挑选你们的姑娘。你能白要我吗，上尉？我的价钱太高了吗?！"

他说："你骗了我。原来你也恨我们，不是吗？我以为你也许不恨我们。"

"不，我不恨你，"她说，"我肚子饿——我恨你们!"

汤陀说："你需要什么我都给你，但是——"

她打断他。"但是你希望换一个名称？不要叫妓女。你是这个意思吗?"

汤陀说："我自己也不知道什么意思。你说起来像非常痛恨似的。"

莫莱笑了，她说："饿起来不好受。两条香肠，两条大的好香肠是世界上最宝贵的东西。"

"不要讲这些话，"他说，"请不要讲了!"

"为什么不讲？这是事实。"

"不是事实! 这不可能是事实!"

她瞧了他一会儿便坐下，望着自己膝头说："不是事实。我不恨你。我也觉得寂寞。屋顶上雪积得很厚。"

汤陀站起来，走近她身边。他抬起她的一只手，捏在自己的两只手里，轻柔地说："请你不要恨我。我不过是一个中尉。我不是自己要求到这里的，你也不愿意把我当敌人。我只是一个男人，不是征服者。"

莫莱的手指在他手上转了一下，她轻声说："我知道。是的，我知道。"

汤陀说："我们处于死亡中间，总还有一点权利。"

她用手摸了一下他的脸，说："是的。"

"我会照顾你的，"他说，"我们在屠杀之间总还有点生活的权利。"他的手搭在她的肩头。她突然僵硬起来，两眼瞪得大大的，像是见了什么幻象。他松开手问道："怎么回事？什么事？"她的眼睛直往前面看。他又问："什么事？"

莫莱用中邪似的语调说话。"我给他穿衣服，像小男孩头一天上学。他害怕。我扣上他的衬衣纽扣，尽量安慰他，但他还是不安。他害怕。"

汤陀说："你在说什么？"

莫莱好像看清了当时的情景。"我不知道他们为什么让他回家。他弄糊涂了。他不知道发生了什么事。他走的时候都没有同我吻别。他害怕，又非常勇敢，像小男孩头一天上学。"

汤陀站起来。"那是你丈夫。"

莫莱说："是的，是我丈夫。我去找市长，市长无能为力。接着他就给押走了——心情不好，也走不稳——你把他拉出去，你把他枪毙了。当时我觉得奇怪而不是可怕。我当时觉得难以相信。"

汤陀说："是你的丈夫！"

"是的。现在，在这所安静寂寞的房子里，我相信了。屋顶积了厚雪，我相信了。天亮之后独自躺在半暖不暖的床上，我相信了。"

汤陀站在她面前，一脸痛苦的表情。"晚安。"他说，"上帝保佑你。我可以再来吗？"

莫莱望着墙，追忆过去的事情。"我不知道。"她说。

"我还要来的。"

"我不知道。"

他望了望她，悄悄地走出门去，莫莱还望着墙。"上帝保佑我。"她这样子待了一阵。门悄悄地打开，安妮走进来。莫莱没有看见她。

安妮责怪说："刚才门开着呢。"

莫莱的目光慢慢地向她转去，两眼仍旧张得大大的。"是的。哦，安妮，是的。"

"门开着，有一个男人出去。我看见了，像是一个兵。"

莫莱说："是的，安妮。"

"是一个兵吗？"

"是的，是一个兵。"

安妮发出了疑问："他来这儿干什么？"

"他想来同我谈爱情。"

安妮说："小姐，你这是干什么？你没参加他一伙吧？你不会跟他们一伙，像那个柯瑞尔似的吧？"

"不，我跟他们不是一伙，安妮。"

安妮说："要是市长来这儿而他又回来了，出了事可是你的罪过。那可是你的罪过了。"

"他不会回来的。我不让他来。"

但安妮还是怀疑。她说："我现在就叫他们进来行吗？你看安不安全？"

"行，安全的。他们在哪里？"

"在外头篱笆后边。"安妮说。

"叫他们进来。"

安妮出去的时候，莫莱站起来，梳了梳头发，摇了摇头，振作起精神来。过道上有点声响。两个高大的黄头发青年走了进来。他们身穿厚呢短大衣和深色的高领毛衣，圆锥形的绒线帽顶在头上。他们皮肤粗糙，身强力壮，像一对双胞胎，一个叫威尔·安徒斯，另一个叫汤姆·安徒斯，都是渔民。

"晚上好，莫莱。你听说了吗？"

"安妮同我说了。这样坏的天气出海够呛。"

汤姆说："晴朗的晚上反而不好，飞机上看得清清楚楚。市长找我们干什么，莫莱？"

"我不知道。你哥哥的事我听说了，真叫人难过。"

两人默不作声，看来很不自在。汤姆说："这情况你最清楚。"

"是的，我知道。"

安妮又进门来，哑着嗓门轻声说："他们来了！"奥顿市长和温德大夫进来。他们脱掉大衣、帽子，把它们放在睡榻上。奥顿走到莫莱身边，吻了一下她的前额。

"晚安，亲爱的。"

他对安妮说："安妮，你去站在通道上。巡逻队来了，你敲一下门，走了再敲一下，有危险情况就敲两下。你可以把外头的门开一条缝，有人来你就能看见。"

安妮回答了一声"好的，市长"，便去了通道，随手带上门。

温德大夫站在炉子前烤手。"我们听说你们两位今天晚上走。"

"我们只能走。"汤姆说。

奥顿点点头。"是的，我知道。我们听说你们要把柯瑞尔先生带走。"

汤姆苦笑了一声。"我们考虑只能这么做。我们要用他的船。我们不能把他留在这儿。街上见了他让人讨厌。"

奥顿忧郁地说："我早希望他滚蛋。不过你们押着他，你们自己会有危险。"

"街上见了他让人讨厌，"威尔重复他兄弟的话，"大家都讨厌在这个镇上看见他。"

温德问："你们能把他劫走吗？他不是防备得很小心吗？"

"是的，他可以说是小心防备。不过，每天晚上十二点他一般走着回家。我们躲在墙后面。我想我们可以从他后面的花园把他弄到海边。他的船拴在那儿。我们今天到他船上去了，做好了准备。"

奥顿说："我希望你们不带他。这会给你们增加危险。如果他闹出声来，巡逻队会来的。"

汤姆说："他不会出声的，让他在海上失踪更好一点。镇上的人可能把他干掉，这样又要枪毙许多人。不行，让他出海更好些。"

莫莱又拿起毛线活儿。她说："你们要把他扔进海里去？"

威尔红着脸说："扔到海里去，太太。"他对市长说，"你要见我们，先生？"

"是的，我要跟你们说几句话。温德大夫和我考虑——正义、非正义、征服这些话说得很多了。我们的人民遭到了侵略，但是我认为他们没有被征服。"

门上传来一下尖利的敲门声，屋里静了下来。莫莱手上的针不动了，市长一只手悬在半空，汤姆正在抓耳朵，手停在耳际不抓了。屋里的人一动不动，眼睛望着门。接着传来巡逻队的脚步声，先是隐隐约约的，后来越来越响，还有他们边走边说话的声音。他们从门口走过，脚步声消失在远处。门上起了第二记响声，屋里的人松了一口气。

奥顿说："安妮在外头一定很冷。"他从榻上拿起大衣，打开门，把大衣递出去。"安妮，你披上衣服。"他说完又关上门。

"要没有她，我真不知道怎么办，"他说，"她哪儿都能去，什么事都看得见听得到。"

汤姆说："市长，我们要走了。"

温德说："我希望你们不要管柯瑞尔先生的事了。"

"不行。大家在街上见了他就讨厌。"他望着市长，好像在征询意见。

奥顿慢慢地说："我简单地说说。我们这里是一个小镇。正义与非正义，都在一些小事情上。你的哥哥给枪毙了。亚历克斯·莫顿也给枪毙了。大家都要惩罚卖国贼。人民愤怒又无法反击。这些都是局部的。这是一场民族对民族的战争，而不是理想对理想的战争。"

温德说："医生居然想到破坏，是一件滑稽的事情，但我想一切被侵略的人都是要反抗的。我们没有武器，精神和体力又不足。没有武装的人意志会消沉。"

威尔·安徒斯说："你们这番话是什么意思，先生？你们要我们干什么？"

"我们要同他们打而又不能打。"奥顿说，"他们现在对人民施行饥饿政策。饥饿使人软弱。你们青年到英国去，也许没有人相信你们的话，但是告诉他们——我们小镇上的人需要武器。"

汤姆问："要枪？"

门上又起了短促的敲门声，大家一动不动，外面有巡逻队的声音，是在跑步前进。威尔很快向门走去。跑步声音顺着屋子过去，还有轻声的发令，巡逻队过去了，门上起了第二次响声。

莫莱说："他们一定在追捕什么人。不知道这次要抓谁。"

"我们该走了，"汤姆不安地说，"你们要枪，先生？需要我们提出要枪吗？"

"不，把这里的情况告诉他们。我们受到监视，任何行动都会遭到报复。我们需要简易的、秘密的武器，秘密行动用的武器，爆炸品，破坏铁轨用的炸药，手榴弹，甚至毒药都行。"他生气地说，"这不是一场体面的战争。这是一场欺诈和杀戮的战争。以其人之道还治其人之身！让英国轰炸机用大炸弹去炸大工厂，但也请他们空投给我们一些可以使用、隐藏，可以埋在铁轨底下、坦克底下的小炸弹。这样我们就有了武装，秘密的武装。这些侵略者永远不会知道我们之中谁有武器。请他们给我们空投简易武器，我们会明白如何使用的。"

温德插话。"他们无法知道什么地方会发生爆炸。军队、巡逻队也无法知道我们中谁手里有武器。"

汤姆拭了拭前额。"如果我们偷渡了过去，我们会报告给他们的，先生，不过——反正我听说英国一些有权势的人仍然不大关心把武器交给普通老百姓这件事。"

奥顿两眼望着他。"啊！我没有想到这一点。那我们只能等着瞧了。如果是这些人仍在统治英国和美国，这世界就完蛋了。把我们的意见转告他们，只要他们愿意听。我们必须得到援助，有了援助"——他的脸上表情很坚决——"有了援助，我们就有办法。"

温德说："如果他们能提供一些可以隐藏、可以埋在地底下备用的炸药，那侵略者就永远不得安宁了，永远不得安宁了！我们可以炸掉他们的给养。"

屋里人都激动起来。莫莱狠狠地说："对了，到时候他们休息，我们炸。他们睡觉，我们炸。炸毁他们的神经和信心。"

威尔轻声问："就是这些，先生？"

"是的。"奥顿点点头，"主要是这些。"

"他们不听我们的怎么办？"

"你们只能试一试，就像今天试着渡海过去一样。"

"完了吗，先生？"

门开了，安妮悄悄地进来。奥顿继续说："完了。你们现在要走，叫安妮去看看路上安全不安全。"他一抬头，见安妮已经进来了。安妮说："有一个兵从路上过来了。他像是刚才来过的那个兵。"

其他人都看着莫莱。安妮说："我把门锁上了。"

"他来干什么？"莫莱问，"他为什么回来呢？"

有人轻声敲大门。奥顿走到莫莱身边。"怎么，莫莱？你遇到麻烦了吗？"

"没有，"她说，"没有！从后门出去。你们可以从后面穿出去。赶快，快走！"

前门继续起着响声。一个男人的声音轻声喊叫。莫莱打开厨房的门，说："快，快！"

市长站在她前面。"你遇到麻烦了吗，莫莱？你没干什么吧？"

安妮冷冷地说："像是那个兵。刚才有个兵来过这里。"

"是的，"莫莱对市长说，"是的，是有个兵来过。"

市长说："他想干吗？"

"他想同我谈爱情。"

"可是他没有谈吧？"奥顿说。

"没有，"她说，"他没有。快走吧，我自己会当心的。"

奥顿说："莫莱，如果有困难，叫我们帮忙。"

"我的困难，谁也帮不了忙，"她说，"走吧。"她把他们推出门去。

安妮留在后面。她看着莫莱。"小姐，这个兵想干什么？"

"我也不知道他想干什么。"

"你不会泄露机密吧？"

"不会。"莫莱惊异地重复一遍，"不会。"然后她尖利地说，"不会，安妮，我决不会！"

安妮皱起眉头。"小姐，你最好什么也别告诉他！"她走了出去，随手关上门。

前门还在敲，隔了房门听得见男人的声音。

莫莱走到屋中央的灯前，心理负担很重。她取下灯来，望着桌子，一眼看见毛线活儿旁边那把大剪刀。她恍惚惊异，居然捏着刀口那头把它拿在手里。刀口顺着她手指往下溜，直到她抓到长柄，她像拿着一把刀。她神色惊慌。她望着灯，灯光照亮了她的脸。她慢慢地拿起剪刀，把它揣在衣服里。

门上不断传来"嗒嗒"的声音。她听见叫她的声音。她靠灯站了一会儿，一下子把灯吹灭。屋里突然变黑，只剩下煤炉发出的一点红火。她打开门，用紧张而又甜蜜的声音回答："我来了，中尉。我来了！"

第七章

在这清净的黑夜，半轮白色的月亮洒不下多少光亮。风是干燥的，吹过雪原，这是从北极最冷的地方吹来的风，一阵又一阵，风声不大。大地上的积雪又深又干，像沙一般，房子淹没在雪堆的空隙里。为了御寒，窗子都是黑的，紧闭着，只有缕缕黑烟从壁炉的余火中升起。

镇上的人行道冻住了，踩得很硬。大街上静悄悄的，只有冻得可怜的巡逻队走过。晚上，房子里漆黑漆黑的，到早晨只留下一点点余热。煤矿出口处，哨兵们眼望着天空，先用仪器对着空中，又拉出测听器，因为晴朗的夜晚可能引来轰炸机。像这样的夜晚，带翼的钢锤飞啸而下，轰隆一声溅起无数碎片。虽然今晚月色朦胧，但从空中看来，大地还是清晰可见。

村子一头的小房子中间，一条狗因为寒冷和孤独而诉着苦。它抬起头，向它的上帝长篇诉说着它对世间现状的不满。它是一名训练有素的歌唱家，音域层次多，又善于控制。六名巡逻兵垂头丧气地在街上来回走，听那条狗歌唱。他们裹得严严实实，其中一个说："这条狗好像越叫越厉害。我看应该给它一枪。"

另一个回答说："为什么？让它去叫吧。我觉得好听。我家里从前有一条狗也叫，我总是让它叫去。一条黄狗。我不在乎狗叫。他们抓狗时把我的那条也抓走了。"他用呆板的语气说。

下士说："狗不是会把必需的口粮分吃掉吗？"

"啊，我这不是抱怨。我知道当时必须这么做。我不能像我们的领袖那样按计划办事。不过，我觉得奇怪，这里有些人养狗，可是他们的口粮还不如我们多。这些人，这些狗都瘦得厉害。"

"这些笨蛋，"下士说，"所以他们败得这么快。他们不像我们那样会计划。"

"不知道仗打完之后我们能不能再养狗，"那个兵说，"我想我们可以从美国或者别的地方引进，然后繁殖。你说美国有什么样的狗种？"

"我不知道，"下士说，"说不定狗像他们别的东西一样狂热。"他又说，"说不定狗没有一点好的地方。我们不如永远别养狗了，除了刑警用的狗之外。"

"也许是这样，"那个兵说，"我听说领袖不喜欢狗。听说他见了狗就痒痒，痒得打喷嚏。"

"听说的事情多啦，"下士说，"你听！"巡逻队停止前进，远处传来飞机嗡嗡的声音。

"飞机来了，"下士说，"噫，这儿没有任何灯光啊。有两个星期了吧，上次空袭之后，是不是？"

"十二天。"兵士说。

矿上的卫兵听见飞机嗡嗡的响声，一名上士说："他们飞得很高。"洛夫特上尉仰起头，避开钢盔的边沿向上看。"我估计在两万英尺之上，"他说，"也许他们正在我们头上飞过。"

"不多，"上士边听边说，"我看不超过三架。要不要通知炮兵部队？"

"叫他们警戒，通知兰塞上校——不，不要通知他了。也许飞机不是奔这儿来的。它们快过去了，还没有往下冲。"

"我听起来它们像在绕圈子。我看不超过两架。"上士说。

老百姓睡在床上听见飞机的声音，他们缩进鸭绒被窝里听着。在市长的官邸里，兰塞上校被这嗡嗡的声响吵醒，他翻过身来，朝天躺着，睁大了眼瞧着黑暗的天花板，屏着气听着，但他心脏跳动，反而不如他呼吸时听得清楚了。奥顿市长睡梦中听见飞机声音，他做了个梦，翻了个身，又喃喃地进入梦乡。

两架轰炸机在高空盘旋，都是土灰色的。它们减低速度向上盘去，又从机身中部投下许多小东西，一个接着一个，有好几百个。这些东西直垂几英尺之后，张开小小的降落伞，一个个小包无声无息地缓缓飘向地面。飞机放开气门，向上飞去，又压住气门盘旋起来，于是更多的小包投了下来，接着飞机转身向来的方向飞去。

小降落伞像飞絮般在空中飘落，微风把它们吹散，像是散播蓟花的种子。它们飘得这么缓慢，落地又是这么轻，有时候这十英寸一包的炸药就直插在雪地里。落地后，小降落伞轻轻地收起来，把炸药盖住。它们映着白雪，看起来是黑色的。它们降落在白色的田野上、山林间，挂在树枝上。有的落在小镇的房子顶上，也有的落在小庭院里，有一包炸药不偏不倚掉在圣·亚尔培牧师塑像白雪覆盖的帽子上。

有一个降落伞掉在巡逻队正在巡逻的街上，上士说："小心！定时炸弹。"

"定时炸弹比它大啊。"一个士兵说。

"反正，你别走近。"上士打开手电筒，照着这个东西，原来这个降落伞不比手绢大，浅蓝色的，下面拴着一个蓝纸包。

"任何人不要碰它，"上士说，"哈利，你到矿里请上尉来。我们守着这倒霉玩意儿。"

天亮了，乡间的人从屋里出来，在雪地里发现蓝色的东西。他们跑过去，打开纸包，看上面印着的字。他们明白这是什么礼品，突然一个个变得鬼鬼祟祟起来，他们把管子塞进外衣，找个隐蔽的地方，把管子藏了起来。

孩子们知道这份礼品之后，便像复活节拼了命找彩蛋似的把乡间梳扫了一遍，运气好的发现了蓝包之后，马上冲过去，打开礼品的纸包，把管子藏起来，然后告诉父母亲。也有害怕的，把药管上交德军，但这种人不是很多。士兵也来了一个找彩蛋游戏，在镇上搜寻了一遍，不过他们的运气可没有孩子们好。

在市长官邸的客厅里，餐桌和椅子没有动过，还是亚历克斯·莫顿被枪毙那天那样的布置。这间屋子已经失去当年市长在任时的那种优雅气氛了。靠墙的椅子搬走之后，显得空荡荡的。桌上散放着一些文件，看起来像一间办公室。壁炉台上的钟敲了九下。这一天乌云密布，天色阴沉，黎明带来了浓密的化雪云。

安妮从市长屋里出来，她俯身在桌子上，看桌上的文件。洛夫特上尉进门，看到了安妮。

"你在这里干什么？"他问。

安妮愠怒地说："是的，先生。"

"我问你，你在这里干什么？"

"我想收拾一下，先生。"

"随它们去，你走吧。"

安妮说："是，先生。"她等他出了门口才匆匆离去。

洛夫特在门口回过头去说："行了，拿进来吧。"

一个士兵跟着他走进门来，肩上用皮带挎着步枪，两手捧着许多蓝色的纸包，纸包的一头紧系着细绳和蓝布。

洛夫特说："放在桌上。"士兵小心地放下纸包。"现在你上去，向兰塞上校报告，说我来了，东西——也带来了。"兵士转过身去，离开屋子。

洛夫特走到桌前，拿起一个纸包，一脸憎厌的表情。他提起蓝布降落伞，举过头，放手，蓝布张开，纸包飘落到地上。他捡起纸包，仔细研究。

这时，兰塞上校很快地走进屋里，后面跟着亨特少校。亨特手里拿着一张黄纸。兰塞说："早晨好，上尉。"他走到桌子尽头坐下。他瞧了一会儿这一小堆管子，捡起一个拿在手里。"坐下，亨特，"他说，"你检查过这些东西吗？"

亨特拉出一把椅子坐下。他看着自己手里那张黄纸。"没有仔细检查过，"他说，"铁路炸坏了三处，都在十英里路程之内。"

"那你先看看这些东西，再说说你的想法。"兰塞说。

亨特伸手取了一根管子，剥掉外面的纸包，里面还有一个小包，包着管子。亨特拿出小刀，切进管子。洛夫特上尉站在他背后看着。亨特闻了闻切口的部分，又用手指捏上。他说："真笨。这是商业上用的炸药。硝化甘油占多大比例，等我化验了才知道。"他看看底头。"这是炸药帽盖，里面有雷酸性水银和引线——引爆时间，我想是一分钟。"他把管子扔回桌上，说，"这非常便宜，非常简单。"

上校望着洛夫特。"依你看扔下了多少个？"

"我不知道，长官，"洛夫特说，"我们捡了大约五十个，没管子的伞大约九十个。恐怕有人拿了管子丢了伞，说不定有许多我们还没发现。"

兰塞挥了挥手。"问题不在这里，"他说，"他们爱扔多少就多少，我们无法制止，我们也无法用在他们身上。他们没有去征服别人。"

洛夫特凶狠地说："我们可以把他们从地球上赶走！"

亨特从一根药管头上掀开铜帽盖子，兰塞说："是啊——我们可以这样做。你看过包的纸没有，亨特？"

"没有，还没来得及看。"

"这东西够坏的，"兰塞上校说，"纸包用蓝色，一眼就瞧见。打开外面这层纸，你看，"他捡起一个小包，"里面有一块巧克力。人人都会去找。我敢说，我们的士兵也会偷吃巧克力。这不，小孩子更要去找，像复活节找彩蛋似的。"

一个士兵进来，将一张黄色的纸放在上校面前，然后退去。兰塞朝它看了一眼，发出刺耳的笑声。"这是你的事，亨特。你那条线路又有两处被破坏了。"

亨特放下他正在细看的铜帽，抬起头来问道："这东西投的范围多广？到处都有吗？"

兰塞也不明白。"这事情很怪。我跟首都联系了，说投这种炸药的就是我们这一处地方。"

"你看这是怎么一回事呢？"亨特问。

"这可难说。我看是把这里当试点。如果这里有效，他们处处都去投，要是不灵，他们就放弃这计划。"

"你打算怎么办？"亨特问。

"首都命令我无情地毁掉这些东西，使他们不往别处投。"

亨特伤心地说："我怎么修补铁轨五处被破坏的地方呢？我没有这么多铁轨。"

"我看你只好拆掉几条旧支线了。"兰塞说。

亨特说："那路基就会弄得一塌糊涂。"

"反正总能修好一段路。"

亨特少校把他拆过的那根管子扔进药管堆里，洛夫特这时说："我们必须马上制止这些东西，长官。我们必须趁他们还来不及使用时逮捕和惩处捡这些东西的人。我们得加紧工作，别让这些人以为我们软弱无能。"

兰塞对他笑着说："别着急，上尉。我们先研究一下这东西，再看有什么补救办法。"

他从药管堆里又取了一个，打开纸包。他拿起那小片巧克力，尝了尝说："这东西包得真鬼。巧克力是好的。甚至我自己也想吃。礼品在彩袋里面。"他拣起炸药，"你看这究竟是什么，亨特？"

"就是我刚才告诉你的。很便宜，搞点小破坏又很有效，炸药头上一个小帽，一条引线，引爆时长为一分钟。你懂了就很好用。不懂就不会用。"

兰塞仔细读了印在包装纸后面的说明。"你看过这个吗？"

"看了一眼。"亨特说。

"我看过了，你仔细听一听。"兰塞说。他念纸上的文字："'致被占领国的人民：请将炸药收藏好，切勿暴露，以便来日之需。此为友人所赠并请转赠侵占你们的国土之人。此物炸力不大。'"他跳过几句，"你看，'乡间铁轨'，还有'晚间使用'。还有，'阻挠其运输'。这里是'使用方法：将炸药安放在铁轨衔接处，用带系住，盖以泥或硬雪块，使之牢固。点燃导线后慢数六十下即可爆炸。'"

他抬头看了一下亨特，亨特只说了一声"管用"。兰塞跳过几句再念："'用于桥梁，有破坏作用，但无炸毁力。'这儿，'电线杆'，还有'阴沟，卡车'。"他放下蓝色的传单说，"就是这些。"

洛夫特愤愤地说："我们一定要想办法！一定有制止的办法。总部怎么说？"

兰塞抿了抿嘴唇，一边用手指摸弄着药管。"总部会发什么样的命令，我早料到了。命令说'设置圈套并于巧克力内掺毒'。"他停了一会儿说，"亨特，我是一个忠诚老实的人，但有时候我接到总部那些精彩的命令时，我恨不得自己当个老百姓，一个又老又残的老百姓。他们总以为他们对付的是愚蠢的人民。我说不能这样估量他们的智力，对不对？"

亨特觉得这话很有趣。"你说呢？"

兰塞尖声说道："不，不能。结果怎么样呢？一个男人拣到之后，会被我们的仿制品炸得粉碎。一个孩子吃了巧克力，中剧毒死了。结果呢？"他望着自己的手，"他们会用竿子去拨，用套索去套，然后再去动它们。他们会用猫做试验去吃巧克力。这种圈套，第二次用就不灵了。"

洛夫特清了清嗓子。"长官，这是失败主义言论，"他说，"我一定要想办法。你说为什么他们只投在这个地方，长官？"

兰塞说："要么是无意地投在这个镇上，要么是这个镇同外面有联系，二者必居其一。我们知道有几个年轻人已经逃了出去。"

洛夫特只是单调地重复这句话："我们一定要想办法，长官。"

这时兰塞对他说："洛夫特，我想推荐你去总参谋部工作。你还没弄清楚问题在什么地方就急于行动。现在这是一种新的征服。过去打仗，有可能先解除人民武装再施行愚民政策。可现在他们可以听无线电，我们无法制止。我们甚至找不到他们的无线电藏在什么地方。"

一名士兵从门外进来。"柯瑞尔先生求见，长官。"

兰塞回答："叫他等一等。"他继续对洛夫特说："他们看传单，天上给他们送武器下来。这回是炸药，上尉，以后说不定是手榴弹、毒药。"

洛夫特急切地说："他们还没有投毒药。"

"还没有，但他们会投的。如果人们手里有那种做游戏用的掷镖，就是你扔靶子用的那种小玩意儿，尖尖的头，头上也许涂有氰化物一类的毒药，这种东西你听不见它射来，却是致命的，无声无息，戳穿你的制服。你想想，万一发生这种事，对我们的人，包括你在内，在士气上有什么影响？如果我们的人知道了砷是怎样一种毒药之后，他们会怎么反应？你喝酒、用餐能安心吗？"

亨特冷冷地说："你这是给敌人写宣传品吗？"

"不是，我只是估计这种可能性。"

洛夫特说："长官，我们坐在这里谈天，照理应该去搜寻炸药。如果这些人中间存在什么组织，我们必须查找出来，并且加以镇压。"

"对，"兰塞说，"我们必须镇压，而且要狠。洛夫特，你带一个小队去。叫帕拉克尔也带一队。我们多一点下级军官就好了，汤陀被杀害，我们又少了一个人。他为什么非要缠女人呢？"

洛夫特说："我不喜欢帕拉克尔中尉做事的方式。"

"他在做什么？"

"他倒不在做什么，可是他一会儿激动，一会儿阴沉。"

"是的，"兰塞说，"我知道。这件事我谈过多次。你们知道，我过去要不是话这么多，现在说不定升上少将了。我们训练年轻人，只奔胜利这一个目标，你们也不得不承认，他们在胜利的时候表现是光荣的，但是在失败的时候他们不知道该怎么办。我们只是鼓励他们，说他们比其他青年聪明、勇敢。可是令他们震惊的是，他们发现，原来他们不比其他青年聪明和勇敢。"

洛夫特刺耳地说："你说失败是什么意思？我们并没有失败。"

兰塞冷冷地打量了他好长时间，一句话也不说，最后洛夫特眼神游移，叫了一声"长官"。

"算了。"兰塞说。

"你对别人不是这样的吧，长官。"

"他们没有这样的考虑，所以不算侮辱。你说了出来，这是侮辱。"

"是的，长官。"洛夫特说。

"现在走吧，要看住帕拉克尔。你去搜查。只要不是公开反抗，不要开枪，你明白吗？"

"是，长官。"洛夫特说，他规规矩矩敬了一个礼，走出屋去。

亨特很有趣地望着兰塞上校。"你是不是对他太严了？"

"我不得不严。他是害怕了。我了解他这种人。他害怕的时候就得严以纪律，不然他会垮的。别人靠同情，他靠纪律。我看你还是忙你的铁轨吧。你要估计到，今天晚上才是真正发生爆炸的时间。"

亨特站起来说："好的。我想首都的命令快来了吧？"

"是的。"

"命令是——"

"你知道命令怎么说，"兰塞打断他，"你知道他们只能如此。拘捕首领，枪毙，拘捕人质，枪毙，再捕人质，再枪毙。"——他的声音起头时很高，现在几乎降成了耳语——"于是仇恨越来越大，我们之间的创伤也越来越深。"

亨特有点犹豫。"名单上的人，他们有说要判刑的吗?"他朝市长的卧室稍稍示意。

兰塞摇摇头。"没有，还没有。到目前为止只是拘留。"

亨特平静地说："上校，你看你要不要我去建议——也许你是太累了，上校——你明白——我要不要向上级报告你太累了?"

兰塞用手遮着眼睛，然后挺直肩膀，神色坚毅。"我不是老百姓，亨特。我们现在军官不够。这你知道。你工作去吧，亨特。我得见柯瑞尔了。"

亨特微微一笑。他向门走去，打开门之后听得他在外面说："在，他在里面。"又回头对兰塞说，"帕拉克尔来了。他要见你。"

"让他进来。"兰塞说。

帕拉克尔进来，脸色阴沉之中有好战之气。"兰塞上校，长官，我想——"

"坐下，"兰塞说，"先坐下休息一会儿。做一个好军人，中尉。"

僵硬的态度马上从帕拉克尔身上消失。他在桌边坐下，胳膊肘往桌上一撑。"我想——"

兰塞说："先不要说话。我知道什么事。你原来没有料到是现在这个样子，对不对? 你原以为万事如意。"

"他们恨我们，"帕拉克尔说，"他们非常恨我们。"

兰塞笑了笑。"我不知道是不是这么一回事。好军人必须是年轻的男子，而年轻的男子又需要年轻的女子，对不对?"

"对，是这事。"

"那么，"兰塞和气地说，"她是恨你啰？"

帕拉克尔惊异地看着他。"我不知道，长官。有时候我只觉得她很忧伤。"

"那你就相当痛苦啰？"

"我不喜欢待在这儿，长官。"

"不，你当初以为这是好玩的事情，对不？汤陀中尉精神垮了之后走了出去，让人家捅了一刀。我可以送你回家去。可你知道我们这儿需要你的时候，你还要求送回国去吗？"

帕拉克尔不安地说："不，长官，我不要求了。"

"好。现在我告诉你，我希望你明白我的意思。你不是老百姓，你是军人。你个人舒服不舒服无关紧要，中尉，甚至你的生命也不很重要。你活着，就有你的记忆。这是唯一属于你自己的东西，但同时你必须接受命令，执行命令。许多命令不是令人愉快的，但那不是你的事情。我这不是对你瞎说，中尉。他们早就应该对你进行这样的教育，而不是什么满路鲜花迎你来。他们早就应该用真实情况塑造你的灵魂，而不是用谎话引你走上这条路。"他的声调坚决，"但是你已经承担了这项工作，中尉。那么你是留呢，还是去呢？我们不能顾全你的灵魂。"

帕拉克尔站起来。"谢谢长官。"

"至于那个女的，"兰塞继续说，"中尉，你可以强奸她，可以保护她，也可以娶她——这也无关紧要，只要命令一到，叫你枪毙她，你就得枪毙她。"

帕拉克尔疲乏地说："是，长官，谢谢长官。"

"我告诉你，说清楚了对你有好处。我劝你相信这一点。说清楚了有好处。你可以走了，中尉，如果柯瑞尔还等着，就叫他进来。"他望着帕拉克尔中尉走出门去。

柯瑞尔先生进来了，他完全变了样。他左胳膊夹着石膏板，不再是那个愉快、亲善、笑眯眯的柯瑞尔了。他的脸削瘦、痛苦，两只眼睛往下斜，像死猪的小眼珠子。

"我早该来了，上校，"他说，"可是你缺乏合作精神，叫我游移不定。"

兰塞说："我记得你打了报告，是在等答复。"

"我等的可不只是答复。你不让我担任领导职务。你说我没有用处。你不知道我在镇上住的时间比你长得多。你不听我的忠告，把市长留在原来的岗位上。"

兰塞说："没有他在这儿，我们的麻烦可能比现在更多。"

"我们意见不同，"柯瑞尔说，"这个人是叛乱者的首领。"

"瞎说，"兰塞说，"他这个人就是单纯。"

柯瑞尔用他那只好手从右边口袋里掏出一本黑色笔记本，用手指翻开。"你忘了，上校，我有材料，我在你未来之前早就在这里。我必须向你报告，奥顿市长同这镇上发生的每件事都有关系。汤陀中尉被害的那天晚上，他去过发生谋杀案的那所房子。那个女的逃进山里，待在她的一个亲戚家里。我跟踪她到那个地方，可惜她已经跑掉了。凡是男子逃跑的事，奥顿事先都知道，还帮他们的忙。我很怀疑，这些小降落伞的事也有他的份儿。"

兰塞急切地说："但是你没有证据啊。"

"没有，"柯瑞尔说，"我没有证据。头一件事我是知道的；最后一件事，我只是提出怀疑。你现在也许愿意听取我的意见。"

兰塞平静地说："你有什么建议？"

"上校，我的意见可不只是建议了。奥顿现在必须当人质，他的性命保得住保不住就看这地方安不安宁。只要有一根引线点燃炸药，就要他的命。"

他又伸手进口袋，掏出一个小折叠本，把它抖开，放在上校前面。"长官，这是总部对我报告的答复。你会注意，它给了我某些权力。"

兰塞看了一下小本，轻声说："你倒真的爬到我上头去了，对不？"他抬头看看柯瑞尔，眼神坦率地表现出不满，"我听说你受了伤，怎么弄的？"

柯瑞尔说："你们那个中尉被谋害那天晚上，半路上有人劫我。巡逻队救了我。镇上有几个人那天晚上偷了我的船逃走。现在，上校，我强烈要求将奥顿市长当人质。"

兰塞说："他在这里，没有逃走啊。我们还怎么把他当人质呢？"

突然，远处传来爆炸声，两人都转身往爆炸的方向望去。柯瑞尔说："你看，上校，你知道得很清楚，如果这个办法在这里有效，那么每一个被占领的国家都会出现炸药。"

兰塞轻声重复道："依你看怎么办呢？"

"就像我刚才说的，奥顿必须以担保不叛乱扣押起来。"

"如果他们叛乱，我们枪毙了奥顿之后呢？"

"下一个就轮到那个小老头大夫，他虽没担任什么职务，在镇上可是第二个权威人物。"

"但是他没有官职。"

"人民却信任他。"

"把他枪毙之后又怎么样？"

"那我们就有了权威，叛乱就会被粉碎。我们杀掉领头的，叛乱就会停止。"

兰塞戏弄道："你真的这样想吗？"

"事情必然如此。"

兰塞慢慢地摇着头，接着叫道："卫兵！"门开了，一个士兵站在门口。"上士，"兰塞说，"拘捕奥顿市长，拘捕温德医生。你负责看守好奥顿，并且马上带温德到这儿来。"

卫兵说："是，长官。"

兰塞抬头望着柯瑞尔说："你知道，我希望你明白你干的是什么事。我真的希望你明白你干的是什么事。"

第八章

小镇的消息传得很快。只消门口一声耳语，很快的一瞥就能会意——"市长被逮捕了"——消息就是这么传开的，全镇上下有一种小小的又是悄悄的喜悦，一种激烈而又微妙的喜悦。人们在一起轻声说话，接着又分开，人们去买食物，凑近店员，一句话就传了过去。

人们到乡下、到林间去找炸药。在雪地里玩的孩子们现在发现炸药之后，懂得如何处理，他们打开纸包，吃掉巧克力，把炸药埋在雪地里，告诉父母亲埋在什么地方。

远郊地区的人捡起药管，看了说明之后自言自语："不知道灵不灵。"他把药管子在雪地里竖直，点上引爆线，跑到远处数着，但他数得太快。他数到第六十八炸药才爆响。他说"灵的"，于是急忙去寻找更多的炸药管。

好像得了什么信号似的，人们进屋关门，撇下冷冷清清的街道。矿上的士兵们仔细搜查每个进矿的工人，而且一再搜查。士兵们精神紧张，态度粗暴，同矿工说话粗鲁。矿工们冷冷地瞧着他们，眼睛里隐藏着幸灾乐祸的欣喜。

市长官邸的客厅里，桌子收拾干净了，一个士兵在奥顿市长卧室门口站岗。安妮正跪在炉前，往火里添加小煤块。她抬头望着站在奥顿市长门口的卫兵，凶狠地问道："哼，你们打算把他怎么样？"那个兵没有回答。

外面的门开了，又一个士兵抓住温德大夫的手进来。他在大夫进屋后把门关上，站在门边。温德大夫说："你好，安妮，市长怎么样？"

安妮指指卧室，说："他在里边。"

"他没有生病吧？"温德大夫问。

"没有，看不出有病，"安妮说，"我看能不能去告诉他你来了。"她走到卫兵跟前，傲慢地说："告诉市长，说温德大夫来了，你听见吗？"

卫兵不回答，也不动，但他后面的门开了，奥顿市长站在门口。他不管卫兵站在那里，擦身而过，走进屋子里。卫兵想把他带回去，但又一想，还是回到门边站好。奥顿说："谢谢你，安妮。别走远了，知道吗？我也许有事。"

安妮说："不会的，先生。夫人好吗？"

"她在做头发。你想去看看她吗，安妮？"

"想去看看，先生。"安妮说，她也侧着身子从卫兵身边过去，走进屋去，关上门。

奥顿说："有什么事吗，大夫？"

温德讥诮地冷笑了一声，指指他身后的卫兵。"我想我是被捕了。这位朋友把我带到这儿的。"

奥顿说："我看这是必然的，不知道他们想干什么。"这两个人对视了好久，都知道对方在想什么。

奥顿接着说，好像他一直在说似的。"你知道，我即使想制止也没有能力制止了。"

"我知道，"温德说，"但是他们不懂。"他顺着自己的思路说。"一个有时间观念的民族，"他说，"时间也快到了。他们以为，正因为他们只有一个领袖，一个脑袋，我们也跟他们一样。他们以为砍掉十个脑袋就能把别人消灭，可是我们是自由的民族；我们有多少人就有多少个脑袋。到时间我们中间会突然冒出许多领袖来，好比雨后春笋。"

奥顿把手搭在温德肩上说："谢谢你。我早想到这一点，听你说出来我更好受些。小老百姓是不会失败的，对不？"他在温德脸上急切地期望答复。

温德再次表示信心。"不会，他们不会失败。事实上，没有外界帮助他们会更加壮大。"

屋里静寂下来。卫兵换了个姿势，步枪碰到纽扣发出"咔嘟"一声响。

奥顿说："我可以同你谈谈，大夫，以后恐怕谈不了啦。我有一点令我自己惭愧的想法。"他咳嗽一声，望了一下直挺挺的卫兵，不过那个兵好像没听见他们在说什么。"我一直在想自己的死。按他们通常的做法，他们肯定杀我，然后再杀你。"温德不说话，奥顿又问："是不是这样？"

"是的，我看是这样。"温德走向一把有织锦套子的椅子，刚要坐下，发现垫子破了，他用手指拍了拍坐垫，好像能把它补好似的。他轻轻地坐下，因为那是破的。

奥顿继续说："你知道，我害怕，我一直想逃走，想脱身。我在想逃跑。我在想要求保全我的性命。我心里觉得惭愧。"

温德抬起头来说："但是你并没有这样做。"

"没有，我没有这样做。"

"你也不会这样做。"

奥顿迟疑了一下。"不，我不会这样做。但是我有过这种想法。"

温德轻声说："你怎么知道别人没有这种想法？你怎么知道

我就没有这样想过？"

"我不知道他们为什么把你也逮捕了，"奥顿说，"我想他们也得杀掉你。"

"我看也是。"温德边谈边玩弄大拇指，望着它们上下转。

"你也预料到，"奥顿沉默了一会儿，接着说，"你知道，大夫，我是一个小人物，这个镇也是一个小镇，但是小人物身上一定有一点火星，可以发出大火。我害怕，很怕，我想到过我可以保全我性命的种种办法，不过这个一闪就过去了。现在我感到一种巨大的喜悦，好像我比现在的我来得高大，来得完美，你看我在想什么，大夫？"他笑了笑，回忆道，"你记得在学校里读的《辩护词》吗？你记得苏格拉底说的吗？'有人会说：'苏格拉底，你这条生活道路可能导致你夭折，你不感到惭愧吗？'对于他，我老老实实地回答：'你错了：一个凡事优秀的人不应该计较生与死；他只应该考虑他做得对还是错。'"奥顿停住了，他想回忆下面的话。

这时温德大夫紧张地靠前坐着。"'是做好人的事还是坏人的事。'我想你没有全记准。你向来就不是读书人。你批评学校那一次讲话也讲错。"

奥顿咯咯地笑了。"你还记得？"

"记得，"温德热切地说，"我记得很清楚。你不是忘了一行，便是落了一个字。那是一次毕业典礼，你激动得不得了，忘了把衬衣下摆塞进去，下摆露在外头。你当时不知道大家笑什么。"

奥顿自己也笑了，他用手偷偷地摸摸背后，看今天衬衣全塞进去了没有。"我当时是苏格拉底,"他说,"我在谴责学校董事会。我谴责得多厉害!我大声吼叫,我看到他们脸都红了。"

温德说:"他们是在抿着嘴忍着,怕笑出声来。你的衬衣下摆露在了外头。"

奥顿市长笑了。"多久了?四十年前吧。"

"四十六年。"

站在卧室门口的那个卫兵悄悄走到在外边门口的卫兵身边。他们只用嘴角轻声说话,就像孩子们在课堂上说悄悄话。"你值了多长时间?"

"整整一夜,眼睛都睁不开了。"

"我也是。昨天船来了,有你老婆的信吗?"

"有!她问你好。她说听说你受了伤。她不大写信。"

"告诉她我没事。"

"好——我写信的时候提一下。"

市长抬起头来望着天花板,喃喃地说:"嗯——嗯——嗯。不知道我能不能背出来——是怎么说的?"

温德提示他。"'现在,啊,那些——'"

奥顿轻声地背诵:"'现在,啊,那些判我罪的人——'"

兰塞上校轻轻走进屋子。卫兵立正。上校听见市长在说话,就站住听着。

奥顿望着天花板,迷迷糊糊地在背原话。"'现在,啊,那些判我罪的人,'"他背道,"'我向你们预言——因为我即将死去——在死亡的时刻——人们有天赋的预见。我——向你们这些谋害我的人预言——我死后不久——'"

温德站起来说："去。"

奥顿看着他。"什么？"

温德说："这个字是'去'，不是'死'。你又错了，四十六年前就错在这个地方。"

"不，是'死'，是'死'。"奥顿转身过来，见兰塞上校看着他。他问："是'死'字吗？"

兰塞上校说："'去'。是'我去后不久'。"

温德大夫坚持说："你看，两个对一个。就是'去'字。你上次也错在这个地方。"

奥顿直往前看，两眼满是回忆，不见外界的东西。他继续背："'我向你们这些谋害我的人预言，我——去后不久，等待你们的，肯定是远比你们加害于我的更严厉的惩罚。'"

温德点点头，表示肯定，兰塞上校也点着头，好像他们都在努力帮他回忆。奥顿往下说："'你们杀我，是为了替原告开脱，避开你们一生的行为——'"

帕拉克尔中尉激动地进来喊道："兰塞上校！"

兰塞上校"嘘"了一声，伸出手来制止他。

奥顿柔声地往下说："'但结果非你们所料，远远不是。'"他的语气加重了，"'我说，将来控告你们的人比现在还要多'"——他用手做了一个姿势，演说的姿势——"'到目前为止，我一直在阻止控告你们的人；由于他们年轻，他们更不会顾全你们，你们对他们也就会更加恼火。'"他皱皱眉头，是在记忆。

帕拉克尔中尉说："兰塞上校，我们已经发现几个藏炸药的人。"

兰塞说："嘘。"

奥顿继续说："'如果你们以为，杀人可以堵住嘴，可以防止别人责难你们罪恶的一生，那你们就错了。'"他边皱眉头边想，望着天花板，不好意思地笑着说，"我只记得起这些。别的都忘了。"

温德大夫说："四十六年之后，你记得这么多是很不错的，四十六年前你还记不了这些。"

帕拉克尔中尉插进来说："这些人藏炸药，兰塞上校。"

"逮捕了吗？"

"逮捕了，长官。洛夫特上尉和——"

兰塞说："告诉洛夫特上尉，把他们看管起来。"他恢复常态，走到屋子中间说："奥顿，这些事情必须制止。"

市长无能为力地朝他笑笑。"它们制止不住，先生。"

兰塞上校严厉地说："我拘捕你当人质，叫你的人民安分守己。这些是我的命令。"

"那也制止不住，"奥顿说得简单明了，"你不懂。即使我要制止他们，他们没有我也照样干。"

兰塞说："老实告诉我，你是怎么想的。如果大家知道再点燃一管炸药，你就会被枪毙，他们会怎么做？"

市长无法回答，望着温德大夫。这时卧室门开了，夫人出来，手里拿着市长的官职链条。她说："你忘了这个。"

奥顿说："什么？哦，这个。"他低下头，夫人帮他把链条套在他脖子上。他说了声"谢谢你，亲爱的"。

夫人抱怨说："你老忘了带，总是忘。"

市长把链条末端拿在手里看着——一方刻着官印的金章。兰塞逼着问："他们会怎么做？"

"我不知道，"市长说，"我想他们会照样点他们的炸药。"

"如果你要求他们不要点呢？"

温德说："上校，今天早晨我看见一个小男孩在堆一个雪人，三个大兵在一边看着，不许他丑化你们的领袖。他做得真像，后来他们把它推倒了。"

兰塞不理睬大夫，又问一句："如果你要求他们不要点呢？"

奥顿好像半睡不醒；他的眼睛下垂，他是在努力思索。他说："我不是一个非常勇敢的人，先生。我想，不管怎样，他们是会点的。"他挣扎着说话，"我希望他们点，因为如果我要他们不点，他们会不高兴的。"

夫人说："你们这是说些什么？"

"你安静一会儿，亲爱的。"市长说。

"你认为他们还是会点的？"兰塞追问。

市长自傲地回答："是的，他们会点的。对于我来说，是活是死，我没有选择余地，你明白的，先生，但是——至于怎么做，我可以选择。我叫他们不要战斗，他们会不高兴但仍然要战斗。如果我叫他们去战斗，他们会高兴。我虽然不是一个非常勇敢的人，却能使他们更勇敢些。"他歉然一笑，"你看，这件事做起来很容易，因为对于我来说，结果都是一样的。"

兰塞说："如果你说'干吧'，我们会告诉他们你说'不要干'。我们会告诉他们，说你求我们饶命。"

温德愤怒地插话道："他们会知道的。你瞒不住。你们有一个人一天晚上失去控制，说苍蝇征服了苍蝇拍，现在全国都知道他这句话。他们把它编成了一支歌。苍蝇征服了苍蝇拍。你保不了密，上校。"

从煤矿方向传来一阵尖厉的警笛声。一阵猛风吹来，干燥的雪花扑打在窗户上。

奥顿用手指摸着他的金章，轻声说："你看，先生，没有办法改变。你们会毁灭，会被赶出去。"他的声音非常柔和，"人民不喜欢被征服，先生，也永远征服不了。自由的人们不可能发动战争，但战争一旦打起来，他们在失败的情况下也能够打下去。盲从的人们跟着一个领袖，做不到这一点，所以事情永远是，盲从的人赢得战役，自由的人赢得战争。你会发现结果就是如此，先生。"

兰塞站得直挺挺的。"我的命令是明确的。时间截止在十一点。我已经扣押了人质。如果再发生暴乱，人质就要判处死刑。"

温德大夫对上校说："你知道命令不管用，你还会执行命令吗？"

兰塞的脸绷得紧紧的。"不管什么情况，我要执行我的命令，但是我相信，先生，只要你出一份公告，就可以挽救许多人的生命。"

夫人可怜巴巴地插话："求你告诉我，你们在胡说些什么？"

"就是胡说，亲爱的。"

"但是他们不能逮捕市长。"她解释说。

奥顿对她笑笑。"不能，"他说，"他们不能逮捕市长。市长是自由人头脑里的概念。它是逮捕不了的。"

远处传来一记爆炸声，回声传到山里又从山里转回来。煤矿的警笛嘟嘟地叫着，发出尖脆刺耳的警报。奥顿站在那里，先是紧张了一阵，然后笑了。又是一记隆隆的爆炸声——这次更近，也更响了——回声又从山里返回来。奥顿看了看表，把表和链子放在温德大夫手里。"苍蝇那句话是怎么说的？"他问。

"苍蝇征服了苍蝇拍。"温德说。

奥顿喊道："安妮！"卧室门马上开了，市长说："你在听着吗？"

"是的，先生。"安妮显得不好意思。

这时，近处听得一声爆炸，接着是木片四裂、玻璃破碎的声音，卫兵身后的门也给吹开了。奥顿说："安妮，夫人需要你的时候，我要你陪着她。不要留下她一人。"他用手臂抱着夫人，在她前额吻了一下，然后慢慢地向帕拉克尔所站的门边走去。他在门口转过身来对着温德大夫。"克里托，我欠阿斯克列比斯一只鸡，"他柔声地说道，"请记住把这笔债还清了。"

温德闭上眼，过了一会儿回答："债总是要还的。"

这时奥顿咯咯笑了。"我记得那笔债。我没有忘记那笔债。"他把手放在帕拉克尔的胳膊上，中尉却躲开了。

温德慢慢地点着头。"是的，你记住了。债总是要还的。"

诺贝尔文学奖授奖词

　　约翰·斯坦贝克，今年的诺贝尔文学奖获得者，出生在加利福尼亚州的萨利纳斯市，邻近肥沃的萨利纳斯谷地，离太平洋海岸只有几里远。这个地点成为他的许多描写普通人日常生活的作品背景。他是在中等的生活环境中长大的，但他仍与这个多种经营地区里的工人家庭处于平等地位。在斯坦福大学念书时，他必须经常去农场做工挣钱。他没有毕业就离开了斯坦福大学，于1925年前往纽约当一名自由作家。经历了几年痛苦的奋斗，他返回加利福尼亚，在海边一幢孤独的小屋里安了家。在那里，他继续写作。

　　在1935年以前，他已经写了几本书，但他是以这年的《煎饼坪》一炮打响而出名的。他向读者提供了一群珀萨诺斯人（西班牙人、印第安人和白人的混血儿）的有趣好笑的故事。他们是些游离社会的人，在狂欢宴乐时，简直是亚瑟王圆桌骑士的漫画化。据说，美国当时弥漫着阴郁的沮丧情绪，这部作品成了一帖受人欢迎的解毒剂。这回轮到斯坦贝克笑了。

　　但他尤意成为一个不得罪人的安慰者和逗乐者。他选择的主题是严肃的和揭露性的，例如他在长篇小说《胜负未决》（1936）中刻画加利福尼亚果树和棉花种植园里艰苦的罢工斗争。在这些年中，他的文学风格的力量稳步增长。《人鼠之间》（1937）是一部中篇杰作，讲述莱尼的故事：这位力大无比的低能儿，完全是出于柔情，却拍死一切落入他手中的生物。接着是那些无与伦比的短篇小说，汇集在《长谷》（1938）中。这一切为他的伟大作品《愤怒的葡萄》（1939）铺平了道路。这是一部史诗式的叙事作品，斯坦贝克的名声主要与它相连。这部作品讲述一群人由于失业和当局滥用权力，被迫从俄克拉荷马向加利福尼亚迁徙。美国社会史上这段悲剧性插曲激发了斯坦贝克的灵感，他生动地描写了一个农民及其家庭为了寻找一个新家所经历的漫长而伤心的流浪生活。

在这篇简短的授奖词里，不可能充分介绍斯坦贝克此后的每部作品。如果批评家时不时地似乎注意到某些力量减弱的迹象，某些可能表明生命力衰退的重复的迹象，斯坦贝克以去年出版的长篇小说《烦恼的冬天》（1961），彻底打消了他们的疑虑。在这部作品中，他达到了《愤怒的葡萄》树立的同样标准。他再次坚持他作为一个独立的真理阐释者的立场，以一种不偏不倚的直觉，面对真正的美国，无论是好是坏。

在这部新近的小说中，主人公是一位生活每况愈下的家庭主人。他从战场退役后，事事遭逢挫折，最后在他先辈的新英格兰镇上当了一名杂货店店员。他为人诚实，从不无故抱怨。他不断受到那些发财致富手段的诱惑。然而，这些手段既要求精明头脑，又要求冷酷心肠，他无法将这些东西汇集一身而不丧失他的完整人格。他的敏感的良心像一面闪烁的多棱镜，生动地呈现出与国计民生息息相关的全部问题。这部作品没有为此进行任何理论推断，而是运用具体的、甚至是琐屑的日常生活场面。尽管如此，这些描写令人信服，具有斯坦贝克生动活泼的现实主义笔触的全部魅力。即使他注重事实，仍然有一种围绕生和死这个永恒主题进行幻想和思索的和声。

斯坦贝克最近的一部作品记叙他三个月里漫游美国四十个州的经历（《查利偕游记》，1962）。他驾驶一辆小卡车旅行，车上配有一间小房子，他在里面睡觉和存放生活必需品。他微服而行，唯一的伙伴是一条黑毛狮子狗。我们在这里看到他是一位富有经验的观察家和说理者。他令人钦佩地对地方风貌作了系列考察，重新发现他的国家和人民。这部作品采用灵活自由的笔法，也是一部有力的社会批评著作。这位驾驶"驽骍难得"（他给他的卡车起的名字）的旅行家略微显示出颂古非今的倾向，虽然十分明显，但是他警惕堕入魔道。当他看到推土机铲平西雅图葱翠的森林，以便疯狂地扩建住宅区和摩天楼时，他说道："我感到惊讶，为什么进步常常看似毁灭。"无论如何，这是一种最切合时势的思考，在美国之外也完全适用。

在已经获得这个奖金的现代美国文学大师中——从辛克莱·路易斯到欧内斯特·海明威——斯坦贝克更加坚守自己的立场，在地位和成就上独立不羁。他具有一种冷峻的幽默气质，这在一定程度上补救了他的经常是残酷和粗野的主题。他的同情心始终赋予被压迫者，赋予不合时宜者和不幸者。他喜欢将纯朴的生活欢乐与残忍的、玩世不恭的金钱欲相对照。但是，我们也从他身上，从他对自然，对耕地、荒地、山岭和海岸的炽烈感情中，发现美国人的性格。人类世界里里外外的这一切是斯坦贝克取之不竭的灵感源泉。

瑞典学院授予约翰·斯坦贝克这份奖金，以表彰他"通过现实主义的富于想象的创作，表现出富于同情的幽默和对社会的敏锐的观察"。

亲爱的斯坦贝克先生，你对于瑞典公众，一如你对于你本国和全世界的公众，不是陌生人。你以你最杰出的作品，已经成为友善和博爱的导师、人类价值的卫士。这完全符合诺贝尔奖的本意。为表达瑞典学院的祝贺，我现在请你从国王陛下手中接受今年的诺贝尔文学奖金。

（黄宝生　译）

约翰·斯坦贝克
受奖演说

感谢瑞典学院发现我的工作配受这份最高荣誉。

我内心或许怀疑我比我敬重的其他文学家更配接受诺贝尔奖，但无疑我为我本人获得它而感到高兴和骄傲。

按照惯例，这份奖金的获得者应该就文学的性质和方向发表个人的或学者式的评论。然而，在这个特殊时刻，我认为最好还是考虑一下作家的崇高义务和责任。

诺贝尔奖和我站立的这个地方深孚众望，迫使我不像一只谢恩致歉的小耗子那样叽叽吱吱，而是满怀对我的职业和历代从事这项职业的优秀匠师的骄傲感，像一头狮子那样发出吼声。

那些苍白无力而冷峻苛刻的教士在空虚的教堂里诵唱连祷文，文学不由他们传播。文学也不是供那些隐居修道院的上帝选民，那些缺乏热量、绝望无聊的托钵僧消遣的游戏。

文学像言语一样古老。它产生于人类对它的需要。除了变得更加需要，它别无变化。

诵唱诗人、吟游诗人和作家并不互相隔绝和排斥。从一开始，他们的功能，他们的义务，他们的责任，都已由我们人类作出规定。

人类一直在通过一个灰暗、荒凉的混乱时代。我的伟大的前驱威廉·福克纳在这里讲话时，称它为普遍恐惧的悲剧；它如此持久，以致不再存在精神的问题，唯独自我搏斗的人心才似乎值得一写。

福克纳比大多数人更了解人的力量和人的弱点。他知道，认识和解决这种恐惧是作家存在的主要理由。

这不是新发明。古代的作家使命没有改变。作家有责任揭露我们许多沉痛的错误和失败，把我们阴暗凶险的梦打捞出来，暴露在光天化日之下，以利于改善。

而且，作家受委托宣示和称颂人类既有的心灵和精神的伟大能力，面对失败不气馁的能力，勇敢、怜悯和爱的能力。在与软弱和绝望进行的漫长战争中，这些是希望和竞争的光辉旗帜。

我认为，一个作家如不满怀激情，相信人有可能达到完美，那他既无献身文学的精神，也无列入文学队伍的资格。

我们处在认识和操纵物质世界某些危险因素的长河中，目前的普遍恐惧产生于这一长河的先头浪潮。

确实，其他层次的理解力尚未追上这一伟大步伐，但没有理由猜测它们不能或不会迎头赶上。事实上，对此作出肯定的回答，正是作家的责任。

人类经历了漫长的光荣历史，坚定地抵御自然的敌人，有时几乎面对不可逆转的失败和灭绝。在我们有可能取得最伟大胜利的前夕，如果放弃阵地，那是怯懦和愚蠢的行为。

可以理解，我一直在读阿尔弗雷德·诺贝尔的传记，书上说他是个孤寂的、富有思想的人。他成功地释放了炸药的能量。这些能量可以造福，可以作恶，但它们不会选择，不受良心或判断力支配。

诺贝尔看到他的发明被人滥用，造成残酷、血腥的后果。他甚至可能预见到他的研究的最终结果通向极端的暴力，通向彻底的毁灭。有些人说他变得玩世不恭，但我不相信。我认为他竭力想发明一种控制物，一种安全阀。我认为他最终在人的头脑和人的精神中找到了它。在我看来，他的想法清晰地展示在这些奖金的类目中。

它们用于不断拓展对人类及其世界的认识，用于理解和交流，而这正是文学的功能。它们还用于展示高于其他一切的和平的能力。

在他死后不足半个世纪中，自然之门已被打开，选择的重负可怕地落到我们肩上。

我们已经夺取了许多曾经归于上帝的权力。

满怀恐惧，毫无准备，我们已经僭取了全世界所有生物的生杀大权。

危险、光荣和选择最终取决于人。人是否能达到完美，考验就在眼前。

已经取得上帝般的权力，我们只能从自身中寻找以往向神祈求的责任和智慧。

人本身成了我们最大的危险和唯一的希望。

因此，在今天，使徒圣约翰的话完全可以译成这样：最终是言词，言词是人，言词与人同在。

（黄宝生　译）

生平年表

1902 年　　　　　出生于加利福尼亚州的萨利纳斯市。父亲约翰·恩斯特·斯坦贝克内战后迁居西部，经营面粉厂，并担任蒙持里县政府会计多年；母亲奥莉维·汉密尔顿是小学教师。小斯坦贝克童年读书很多。

1919 年　　　　　高中毕业，在校时担任班长，假期常去附近牧场当雇工。

1920—1925 年　　就读于斯坦福大学，但常中断，或去牧场当雇工，或当筑路工人，或在甜菜厂当化学师，同时学习写作。

1925 年　　　　　离开斯坦福大学，未得学位。去纽约，想当作家。做过工人和记者，作品未获发表。

1926—1929 年　　回加州，做各种非技术工，一度在塔和湖畔狩猎场当看守，因失职被解雇。继续写作。

1929 年　　　　　出版第一部长篇小说《金杯》，内容为一名海盗怎样成为总督，小说副标题为"海盗亨利·摩根爵士的生平故事"。

1930 年　　　　　结婚，迁居"太平洋林地"，结识海洋生物学家艾达·里克兹，后成为毕生好友。

1932 年　出版长篇小说《天堂牧场》，该书以插曲形式描写加州几家农民的故事。

迁居洛杉矶。

1933 年　出版长篇小说《献给一位未知的神》，描写一个家族西迁加州拓荒的故事。

《北美人》发表《小红马》的前两部分。

迁回蒙特里。

1934 年　短篇小说《谋害》获欧·亨利奖。

1935 年　出版中篇小说《煎饼坪》，小说描写一群流浪汉的生活和友谊。该书获加利福尼亚州俱乐部年度金牌奖。从这本书起，斯坦贝克的作品为评论界所注意。

1936 年　出版长篇小说《胜负未决》，小说描写果园的罢工斗争，获加利福尼亚州 1936 年最佳小说奖。调查萨利纳斯与倍克斯菲尔德地区流浪雇工的生活状况并发表报道。去墨西哥旅行。

1937 年　发表中篇小说《人鼠之间》，内容是流浪的农田季节工人生活理想的幻灭。该书马上畅销，为"每月读书会俱乐部"选中；改编成剧本后在纽约上演，深受欢迎，获"纽约戏剧评论社"季度奖。

经纽约赴英国、瑞典和苏联旅行。回国后加入俄克拉荷马农田季节工人西迁的队伍，直到加利福尼亚。

《哈珀氏》发表《小红马》的第三部分。

1938 年　出版短篇小说集《长谷》，收入十三篇。

1939 年　出版《愤怒的葡萄》，该书以美国经济大恐慌时期为
　　　　　背景，描写中西部各州农民破产、逃荒和斗争。发表
　　　　　后引起轰动，促使政府对农田季节工人生活状况进行
　　　　　调查。

　　　　　当选为全国艺术与文学院会员。

1940 年　《愤怒的葡萄》获普利策奖、"美国畅销书协会奖"和
　　　　　"今日社会服务工作奖"。

　　　　　与里克兹在加州海湾作水域探险。

　　　　　去墨西哥为电影《被遗忘的村庄》撰写解说词。

1941 年　出版与里克兹合写的专著《柯特兹海》。

1942 年　离婚。

　　　　　出版为空军撰写的著作《投弹》。

　　　　　出版中篇小说《月亮下去了》，引起争论。改编为剧本
　　　　　在纽约上演后，继续引起争论。《月亮下去了》被译为
　　　　　多种欧洲文字。

1943 年　再婚，迁居纽约。

　　　　　任纽约《先驱论坛报》驻欧记者，在英国、北非、意
　　　　　大利等地撰写有关第二次世界大战的通讯报道。

　　　　　《月亮下去了》拍摄成电影。

1945 年　出版中篇小说《罐头厂街》，写小镇生活，回复到《煎
　　　　　饼坪》的喜剧风格。

　　　　　再版《小红马》，增第四部分。

1946 年　《月亮下去了》获挪威国王哈肯颁赠的"自由十字

勋章"。

1947 年　出版取材于墨西哥民间传说的中篇小说《珍珠》。初稿
原名《世界的珍珠》，刊登于《妇女家庭良友》杂志
（1945 年第 12 期）。成书后拍摄成电影。

出版中篇小说《不称心的客车》，写一个任性的司机和
各类旅客的表现。

与摄影家罗伯特·卡巴访问苏联。

1948 年　入选美国文学研究院。

与卡巴合写的《旅俄日记》出版。

又离婚。艾达·里克兹死于车祸。

1949 年　《小红马》改编为电影上映。

1950 年　出版中篇小说《烈焰》。

与爱琳·司各脱结婚。

1952 年　出版长篇小说《伊甸之东》，写两个家族西迁加州后的
变化发展。

1953 年　去欧洲为《柯里尔》等杂志撰写各种题材的散文。

自选并出版《约翰·斯坦贝克中篇小说》，收入《煎饼
坪》《小红马》《人鼠之间》《月亮下去了》《罐头厂街》
《珍珠》等六篇。

1954 年　出版中篇小说《甜蜜的星期四》，小说为《罐头厂街》
的续编，反映西部小镇的喜剧性生活。后改编为轻歌
剧上演。

1957 年　出版长篇小说《丕平四世的短命王朝》，副题为"虚构

捏造之作", 是以法国为背景的滑稽故事。

1958 年　出版战地通讯集《过去有一场战争》。

1961 年　出版最后一部长篇小说《烦恼的冬天》。小说系严肃文学作品, 以美国东部新英格兰地区为背景, 反映战后美国中产阶级精神生活的蜕变。

1962 年　出版环游美国的旅行札记《查利偕游记》, 考察战后美国各地区的生活。

　　　　12 月获诺贝尔文学奖, 以表彰他"通过现实主义的、富于想象的创作, 表现出富于同情的幽默和对社会的敏锐的观察"。

1964 年　获"自由新闻勋章"与"合众国自由勋章"。

1965 年　为《每日新闻》撰写专栏, 包括越战报道。

1968 年　病逝, 葬于萨利纳斯。

（董衡巽　辑）